Dilúvio das Almas

Tito Leite

Dilúvio das Almas

todavia

Para
Regina Celi Mendes
Michaela Schmaedel
Dom Emanuel D'able

Agora sou maldito, tenho horror à pátria.
O melhor é um sono bem bêbado, na praia.

Arthur Rimbaud

Parte I:
O andarilho invisível 11

Parte II:
Um desafio de martelo com o destino 27

Parte III:
Sertão romã 61

Parte IV:
Sarça ardente 77

Parte I
O andarilho invisível

I.

Quando a vida é semelhante a roupa lavada em indigência, qualquer resposta é também uma pergunta. Porque tudo é movediço. A noite é bela para quem toma vinho e sente os seios quentes da amante. Para quem dorme seguro no cobertor de suas orações. A noite é fria e cheia de intempéries para quem tem uma mordaça na boca. Para quem é atingido por bala perdida, a identidade encontrada numa poça de sangue. A vida costuma ser bela quando se olha a realidade pela vidraça.

Passei por algumas humilhações em São Paulo. Desde pichações no muro com a frase *Fora, nordestino*, à atitude do pessoal de um restaurante numa rua do Brás, que não gostava de me vender comida. A intolerância, faca envenenada. Por outro lado, nos anos 1990, conheci muitos nordestinos que tinham chegado para trabalhar como pedreiros, e, com a agudeza típica de um Ulisses franzino, transformaram-se em grandes empreiteiros. Quanto a mim, eu vendia artesanato e pintava quadros.

Há muitos nordestinos no Sudeste. Grande parte deles chegava sem o primeiro grau, e muitos nem sequer sabiam ler. Os homens trabalhavam na construção civil, as mulheres, em casa de família ou em alguma fábrica. Migraram em busca de condições melhores de vida, e uma parte ainda vive como escravos. Diferente de mim, eles eram determinados.

Não conclua que, por não terem estudo, eram atrasados. Ao contrário, indagaram sobre o seu mundo e partiram fazendo de cada esperança um ato de coragem — numa aventura em busca do seu lugar ao sol.

Certa ocasião morei num quartinho de cortiço, numa pobreza só. Um dia arrombaram a porta, levaram minha pequena reserva de dinheiro e algumas roupas. Restaram apenas os documentos e o velho canudo do segundo grau. A identidade e o diploma tinham serventia apenas na hora de pedir emprego.

Eu negava a mim mesmo todos os dias e nascia qual o sol todas as manhãs no exercício de ser outros. Na insistência de não continuar o mesmo. Fiquei sem nada, apenas a rua foi minha irmã. Dormi ao relento, e uma ferida que tinha no pé começou a crescer. Cresceu também minha gastrite, cresceram os horrores que eu avistava. Eu era um corpo, e a vida, uma ferida aberta.

Não, eu não era apenas um corpo que se deteriorava, era uma voz que resistia ao desencantamento do mundo. Ao fim da história e ao fim das utopias. Eu era como pombo de praça. Eu viajava de pluma; de asa, eu voava. Fui capaz de me erguer graças a muitas migalhas que recebi dos passantes e de um hospital dos vicentinos.

Lembro do Cláudio, que passou um semestre almoçando no sopão da paróquia e jantando apenas sardinha enlatada. Seu único desejo era voltar com um bom dinheiro e oferecer melhores condições à sua família. Até parou de fumar. Eu, ao contrário, quando ganhava algum dinheiro, gostava de beber na região do Anhangabaú. Uma vez fui a Santa Cecília e fiquei maravilhado com as ripongas que surgiam nos bares.

Também frequentava a Vila Madalena, não para beber, porque não tinha grana para isso, e o ambiente não era para o meu bico. Eu ia apenas para vender meu artesanato. Viver magicamente sempre foi a minha verdadeira arte. Um dia encontrei na Mercearia São Pedro um gringo vestido com a camisa do Fluminense e calçando chinelos. Um tempo depois, fiquei sabendo que se tratava de um músico chamado Nick Cave. Achei bacana um famoso bebendo num bar todo despojado. Fazia frio, e ele punha os pés nos chinelos como quem dissesse *dane-se a solidão da capital*. Senti vontade de conhecer suas canções. Ele é um tipo de músico não comercial, e raríssimas vezes toca no rádio. Nunca vou encontrar nenhuma fita cassete com o seu trabalho. Na minha realidade, só é acessível o que é popular. O que sei é que ele estava morando em São Paulo.

Havia um pessoal ligado à arte e à USP que poderia se interessar pelo meu material. Talvez não fosse tão bom. Eram poucos os que davam atenção ou mesmo notavam que eu estava presente. Afinal, eu era apenas um baiano. Aqui eles chamam todos os nordestinos de baianos. Uma vez escreveram no muro de uma construção: *Vamos colocar os baianos no pau de arara.* Não era do caminhão que estavam falando.

A verdade é que eu me negava a ser apenas mais um tijolo no muro. Pink Floyd eu conheço. Fiz amizade com o Flávio, um poeta que era professor da USP. Ele sempre me convidava a fazer parte da mesa. Eu não pagava a bebida. Não era todos os dias que eu jantava. Convivi com pessoas que, de tanto passar fome, ganharam um buraco no estômago. Aquela mesa de conversa eu adorava. Principalmente porque não faltava petisco, o que muitas vezes era o meu jantar. Um filósofo chamado Nietzsche era o nome favorito que saía da boca do Flávio. Tudo era novidade para mim. De tanto escutar, guardei na memória toda a teoria do eterno retorno de Nietzsche. Muitas coisas eu sabia de cor, porque saber de cor é saber com o coração. É isso, assim foi porque assim eu quis e quererei. Direi sim a toda essa porra inúmeras vezes.

2.

Uma vez ao mês entrava em São Paulo um ônibus clandestino com cheiro de farinha de mandioca. O ônibus lotado de nordestinos, endereçados a um determinado empregador. Depois partia em direção a algumas cidades do interior. Os nordestinos eram peças que serviam para carregar a bateria de uma engrenagem falida. O mesmo ônibus retornava com um número menor. Era maior o número dos que chegavam. Muitos se arrependiam e diziam: "São Paulo é uma ilusão".

Depois de alguns meses em São Paulo, comecei a trabalhar como recepcionista num hotel na avenida São João com a Ipiranga. Por isso, passei a ter menos tempo para vender meu artesanato. A entrada de garotas de programa no hotel era proibida. Mas à noite eu fazia vista grossa e até recebia uma caixinha por isso. Uma vez, o cliente era um delegado. A garota que veio com ele estava muito louca e não parava de coçar o nariz. Enquanto ele foi ao banheiro, ela pegou uma pistola e começou a disparar contra o teto. No outro dia, a manchete no jornal: "Delegado vai a motel e tenta matar garota de programa". Meu patrão quase infartou ao ler a manchete. Nela, chamava o hotel dele de motel. O outro recepcionista comemorou minha desgraça. É aquela coisa, há algo de estranhamente elástico na vida alheia. Os outros querem apenas um motivo para esticar conversa, e eu acabei dando munição ao inimigo. Numa estadia breve também se fazem inimigos.

Há cerca de um ano, eu tinha como vizinho um baiano chamado Cristiano. Em uma das minhas noites de excessos, gastei todo o meu salário. No outro dia não tinha dinheiro nem para almoçar. O Cristiano pagou meu almoço e mexeu na sua reserva para me emprestar um pouco de dinheiro. Sem cobrar juros e ignorando a inflação. É um sertanejo que viveu na miséria, e qualquer pouco que conquistava era motivo de comemoração. Sua bondade era tão grande que nem sei como cabia naquele corpo. Gostava de dizer que uma boa palavra muitas vezes é melhor que ouro e prata. Eu sempre tinha uma boa palavra, e ele gostava. O Cristiano acreditava que todo mundo tem uma vocação e explicava que vocação é um chamado de Deus. As palavras dele ainda ecoam em mim.

— Preste atenção, aqui é tempo perdido, porque o seu chamado é outro.

Ele era muito religioso e concluía:

— Vocação Deus chama, e cabe ao homem responder.

Ele não sabia que o salário de um professor era praticamente o mesmo que o de qualquer peão.

— Escuta só uma coisa, os donos das terras onde o meu pai vive são pessoas poderosas na região. É a sua chance. A mulher do patrão trabalha como diretora de um colégio. Sabe o que isso significa? Que se você quiser ser professor, é só falar com ela.

E o Cristiano repetia várias vezes *é só falar com ela*. Ele era o tipo que gostava muito de contar vantagem. Uma vez no seu sertão, o Cristiano não queria pegar fila no hospital e perguntou ao atendente: *Você sabe com quem está falando? Com o filho do morador das terras de doutor fulano de tal.* Ele voltou ao Nordeste e encontrou uma temporada pungente.

Eu tinha o segundo grau completo, e a turma achava que eu falava bonito. No sertão não precisa de ensino superior para lecionar. Então é isso, tem que ser bom de bico e apresentar o que chamamos de pistolão. No meu caso, seria a patroa dos pais do Cristiano. Lembro que nenhum dos meus professores em Dilúvio das Almas cursou o ensino superior. Parece absurdo, mas é verdade. Minha irmã é professora, e sei bem como funciona. Acredito que não mudou muito. Parece que no Ceará tem uma universidade com a proposta de abrir um curso de pedagogia que funcione aos fins de semana, para os professores enfim terem nível superior.

Cristiano me passou o mapa do sítio em que os pais dele moravam. As terras ficavam no semiárido, entre os limites de Canudos, Chorrochó e Macururé. Eu nunca tinha lecionado e achei interessante a ideia. Minha fase utopista não tinha terminado, porque ainda nem sequer começara.

Entrei no ônibus com minha sacola, meu entusiasmo e meus abismos. Pensei em descer em Feira de Santana e tentar alguma coisa por lá. O dinheiro era pouco, e ainda disseram que foi muita falta de sorte eu ter sido demitido por justa causa. Não importa, acho que até demorei muito em São Paulo. Gostava da avenida Paulista, da multidão que, enquanto avançava, parecia diluída em solidão.

Ao chegar a Feira de Santana, a única coisa que encontrei foi uma carona de caminhão até Canudos. Na verdade, é outra Canudos, porque a antiga vila foi coberta pelo açude, e quando há seca podemos observar suas ruínas. Sempre amei a figura de Antônio Conselheiro. Gosto de quem põe o circo para pegar fogo. No Cariri, tivemos o beato Zé Lourenço. Ele fez um caldeirão e colocou os beatos no campo de batalha.

Desci antes do final da viagem. A fazenda ficava nas margens da BR. Cristiano me receberia numa boa e honraria a promessa. Ele sabe que todas as minhas moradas são provisórias. Nunca demoro muito tempo em lugar nenhum.

3.

A fazenda hospedava um silêncio desconfortável. Apenas um cavalo me observava. O canto tímido de um pássaro cético em cima do espantalho era o único som que reverberava naquela tarde. Cristiano tinha sido assassinado. Maria do Rosário, sua companheira, nem quis tocar no assunto. Com uma voz estreita, falou comigo olhando para o chão e quis logo apontar o caminho da cancela. Um futuro roubado deixou tudo vago e dilacerante na vida dela. Antes, uma mulher com marido e todos os filhos, agora viúva, sem bens e com duas crianças para criar. Tudo isso numa realidade árida, onde a mulher tem sua palavra fragmentada. Contei a ela da nossa amizade e do muito que ele fez por mim. O pai do Cristiano estava presente e escutou toda a conversa.

— Você dorme hoje na minha casa. Amigo do meu filho é bem-vindo, e o que eu comer você come. Lá fora tem um cacimbão, pegue esse sabão, tome um banho e depois descanse um pouco.

Nem me lembrava qual tinha sido a última vez que o calor castigara tanto. Dormi um pouco no chão cimentado, a única parte fria da casa. À noite conversei com o pai do Cristiano. Ele enrolou um cigarro de palha e começamos a beber um conhaque de alcatrão São João da Barra. O pai do Cristiano não é muito de conversa, e ficamos um bom tempo em silêncio escutando o duelo vocal dos sapos. Entre o silêncio e o coaxo, o velho perguntou se eu comia carne de preá. Nunca tinha comido, mas não podia fazer desfeita, e a carne foi servida.

Depois de uns goles, percebi que aquele senhor estava cansado da conformidade dos pequenos. Estava cansado de ser apenas outro corpo explorado que teme as grandes aves de rapina do sertão. Contou-me o que realmente acontecera.

— Carne mijada, tudo por causa de carne mijada. O filho mais velho do Cristiano era um rapaz namorador e se envolveu com a filha de um fazendeiro, que tinha multiplicado seu patrimônio invadindo terras. O pai da moça já era afamado por sua crueldade. Não foi apenas uma família ou duas de quem ele cortou cerca e invadiu terras. O cabrunco não gostou nada do namoro: o filho de um morador não era o que tinha planejado para sua filha. O maldito gostava de chamar meu neto de vira-lata. A menina tomou várias surras do pai. Mas, você sabe como é essa juventude, eles adoram um desafio. Os dois continuaram se vendo, e um dia o filho do Cristiano foi encontrado morto numa estrada. Tiro de espingarda. A polícia esbravejou que o lugar era deserto e não tinha como a investigação ir adiante. Na estrada havia uma raposa morta. Espia só, uma raposa tinha sido atropelada, então o lugar não era nada deserto.

Para garantir que não haveria vingança, Cristiano foi morto um mês depois. O mandante e o dono da fazenda em que a família do Cristiano morava eram de partidos contrários. No sertão, quando se pensa em partidos, trata-se de famílias, e nisso a morte escancara a falta de dignidade da política.

4.

Tudo bastante escaldante e pobre. Crianças castigadas pelo sol em busca de carona. Dividindo o mesmo espaço com bodes que correm nas estradas. Garotos com gaiolas vendendo seus pássaros. Vi sete moradores que fizeram uma vaquinha e compraram todos. Depois soltaram. Havia uma patativa tão acostumada com a gaiola que não voou, metáfora em carne e penas. Há pessoas tão oprimidas que muitas vezes se sentem confortáveis com o próprio carrasco. São muitos os marginalizados que batem palmas para os tiranos. O sotaque dos moradores era o de sobreviventes.

No fim da tarde resolvi ir embora. Não quis me demorar, lembro as palavras de uma beata que acolhia romeiros. Hóspedes são como peixes: depois de dois dias começam a feder. Comprei uma passagem até Juazeiro da Bahia e joguei no velho Chico meu diploma que todo esse tempo me acompanhara. O dinheiro acabando, um destino interessante seria Juazeiro do Norte ou atravessar a ponte e ficar em Petrolina. Sergipe também poderia ser uma opção, ou trabalhar na safra da laranja. Adoro o que é distante. Não atravessei a ponte. Comprei outra passagem: Juazeiro da Bahia-Juazeiro do Norte.

Uma garota sentou-se ao meu lado. Era muito bonita e cheirosa. Parecia desconfortável com minha aparência maltrapilha. Ela dormiu e acordou em Juazeiro do Norte, a viagem durou horas. Era noite e não havia estrelas ou paisagens em movimento para observar. Eu só desejava um sono semelhante ao da garota. Entrar no ônibus, sentar-se e acordar somente no local de destino. Não consigo dormir em ônibus, na verdade, apenas tirar um rápido cochilo.

No outro dia, bem cedinho, estava no Cariri. Na rodoviária, comi um cuscuz com leite. Ainda nem tinha me livrado do cheiro de ônibus e já estava angustiado pensando no que fazer. Dilúvio das Almas não fica distante, e ser reconhecido por algum parente era uma possibilidade que muito me incomodava. O passado é uma sala escura que nunca gostei de abrir.

Era o mês de maio. A data sagrada do mês é o Dia das Mães. Lembrei vagamente de uma história que escutei em Minas Gerais, de um filho que foi embora e sumiu no mundo sem deixar nenhum sinal de vida. Na esperança de que um dia o filho voltasse, sua mãe passou a vida inteira com a porta da casa aberta. Nunca a deixou trancada. Não estive presente em nenhum desses domingos. Talvez o único presente que minha mãe desejou tenha sido a minha presença. Eu, que sempre fui ausência, mesmo quando morava com os pais. Não sabia se ela ainda estava viva. Parece até que escutava a voz dela: *Não custa nada você ficar este mês conosco e depois continuar suas andanças pelo mundo.*

Passou tanta coisa no arco arenoso da minha mente que eu ainda não tinha chegado a conclusão alguma. No fundo, eu queria uma pausa. Vivenciei tantas coisas mágicas e horríveis que já conhecia as incoerências da alma humana na palma do meu sertão. Eu era apenas um corpo cansado.

Na praça do Padre Cícero, estacionou uma D20 cabine dupla que fazia linha para Dilúvio das Almas. Dentro da minha cabeça, uma tempestade de dúvidas. Não queria voltar depois de tanto tempo sem nenhuma história para contar. Algo que se enquadrasse na lógica da família ou que justificasse minha partida. Também crescia o medo de abrir aquela sala escura, medo de encontrar tantas possibilidades do que eu poderia ter sido e abandonei.

Eu me lembro como se fosse hoje. Era o ano de 1970 quando parti, o dia ainda estava nascendo. Homens e mulheres fazendo caminhada. O vigia da prefeitura com uma vontade de quebrar as horas. Um galo ensejando seu primeiro canto na aurora, e eu negando minha vida naquela cidade por inúmeras vezes. Não esperei as trevas se esvaírem completamente e fugi de Dilúvio das Almas. Fugi da minha família e do meu sertão. Fui embora sem dizer adeus ou algo do tipo *um dia eu volto e quem sabe não me demore*. Na saída, nem sequer sacudi a poeira. Joguei fora os sapatos e segui em frente. Os pés queimados pelo mormaço do asfalto. Passaram as marchinhas de Carnaval, a Semana Santa, as quadrilhas juninas. Nasceram flores. As famílias sepultaram seus mortos. As gaiolas da minha casa ganharam teias de aranha. Pássaros mudaram de penugem. Somente um ano depois ficaram sabendo que eu ganhava o pão trabalhando numa loja de tecido em Recife e tocava violão em uma banda que se apresentava nos cabarés à noite. Meu irmão Zé Luiz, feito um pastor em busca da ovelha extraviada, comprou uma passagem de ônibus e foi ao meu encontro. Uma coisa eles nunca perceberam: eu não sou de rebanho nem sigo manadas. Prefiro vaguear em círculos a beber a vida nos vinhedos de quem formula uma pirâmide social. Era tarde, pedi demissão e ninguém sabia nada sobre mim.

Talvez eu nunca tenha ido embora ou tenha estado naquela loja. Nada na minha vida é linear. Um dos meus escândalos é a dificuldade com a palavra "horizonte". *Onde estiver o teu tesouro, ali também estará o teu coração.* Nunca busquei ouro ou prata. Meu desapego é o meu nada que me completa. Meu coração não cabe em nenhuma pátria. Eu tinha dezoito anos de idade, de solidão, de curiosidade, de fúria e de insatisfação.

5.

As coisas e as pessoas lembram um livro de Graciliano Ramos. A imagem do sol se pondo no mar bagunçava ardentemente a minha alma. Mesmo sendo inverno, havia um verde pálido nas fileiras de milho. O que me levava a pedir a Deus um pouco de mar no rio Salgado, que banha a minha cidade. A estrada é toda esburacada. A D20 não parava de balançar. Fazia manobras desviando dos burros no meio do asfalto.

Entrei na minha cidade qual um homem que se lança na cratera de um vulcão.

Caminhei pelas ruas de Dilúvio das Almas apenas com um surrão. Sem patrimônio, filhos, esposa e animal de estimação. Um Lázaro sem os cães que lambem suas chagas. Uma peça deslocada da engrenagem ou feito um chinelo num conjunto de sapatos. Aqui até os mendigos são padronizados. Não importa quão podre o corpo esteja. Não faltam bocas famintas a devorar quem morreu na praia.

Eu sempre fugi de Dilúvio das Almas. Se eu fosse escrever um livro com personagens desse lugar, colocaria na dedicatória: *Para minha cidade, que nunca amei.* Mas dentro de mim havia sentimentos conflitantes. Mesmo sem amá-la, eu me encontrava fazendo uma oração, pedindo a Deus um pouco de conforto para essa terra dos esquecidos.

Nas retinas da minha mente, a imagem da parábola do filho pródigo. Conta a história de um jovem com vontade de ganhar o mundo com sua parte na herança do pai, ainda vivo. O jovem então dissipa todos os seus bens e se transforma num indigente. Quando só resta a ele comer a lavagem dos porcos, retorna ao lar paterno. Um retorno por conveniência. Os empregados do pai eram mais bem tratados e não comiam nem dividiam comida com os porcos. Eu sempre aceitei a realidade tal como ela sangra. Sei viver no pouco e no excesso. Pelos golpes da vida, muitas vezes fui nocauteado e nunca joguei a toalha. Saber recomeçar é uma arte com sabor de girassol.

Conheci uma garota que fazia publicidade e queria ser vocalista numa banda de rock. Ela dizia que o capital e o consumismo estão tão impregnados no cotidiano que somos instrumentalizados e transformados em porcos sem perceber. É urgente produzir profundamente um pensamento para o sistema não nos transformar em trastes. É preciso ser fiel a si mesmo e não se perder da sua própria estação. Um homem que se perde da própria estação é uma miragem de sua sombra. É ato sem potência.

Uma coisa deixei clara feito água cristalina: não sou um homem em busca de redenção e não quero salvar a mim e a ninguém. Se a minha vida é como um rio que não deságua no mar, pelo menos o oceano não se deu ao trabalho de receber e purificar minhas intempéries.

Parte II
Um desafio de martelo com o destino

I.

Não pergunto pelas voltas que o mundo dá. Minha rua, como quase todas as ruas da cidade, tem nome de coronel. No escândalo de um mundo diminuto, o que me resta é viver magicamente os passos dados. Alguns policiais estão perto, um ladrãozinho de bodega que já é freguês. O cabo, com um prazer sádico, coloca a algema e o leva caminhando até a delegacia, que fica a umas pernadas de distância. Entre empurrões e xingamentos, batem nele da planta do pé até a cabeça. A multidão acompanha eufórica — um homem triturado feito carne nos dentes das bestas é o espetáculo, para a mulher e os filhos do ladrão, aquilo se transformou numa via-sacra. Seguem por outra rua.

Perto da minha casa, somente os pardais girovagam. Não mudou nada. Apenas a cor das paredes, que eram amarelas e agora são brancas, de um branco-névoa. Se espremo o âmago da minha matéria, encontro uma saudade-névoa. Algumas lembranças são mortes existidas. A porta era a mesma. A janela estava aberta, e avistei na sala uma televisão preto e branco. Duas cadeiras de balanço e um quadro do Sagrado Coração de Jesus. Bati apenas duas vezes. Minha mãe, da cozinha, correu para abrir a porta.

— Eu reconheceria esse olhar vago em qualquer parte do mundo, meu menino.

Basta um abraço e me sinto em casa. Fico a meditar que a felicidade não se dá na solidão, e sim na comunhão. Minha mãe não pede respostas e não faz nenhum sermão.

— Leonardo, meu filho, tantas vezes rezei por você. Agora tome um banho e, se não tiver roupas limpas, pode vestir as do teu pai, que elas servem. Olha essa camisa de linho como é bonita. É a roupa de domingo do Joaquim, quando ele vai à missa. Agora é tua, depois me entendo com ele.

Com o sal de minha casa e o tempero que ganha gosto de infância é preparado meu almoço. Um prato de baião de dois com toucinho torrado e uma garrafa de cajuína. É a comida mais saborosa dos últimos vinte anos.

A notícia se espalhou. Quem estava morto voltou. Quem estava perdido foi achado. Saiu do buraco.

Nem todo retorno é terno. O velho Joaquim, meu pai, olha para mim como se eu fosse uma notícia desagradável. É um homem de poucas palavras e um silêncio com segredos de pedra. Não é nada como eu pensei. As coisas nunca são como pensamos. Ele não pergunta por onde andei nem coloca o meu mundo em questão. Seus dois filhos não param de fazer perguntas e não se sentem confortáveis com a minha presença. O mais velho nem veio me ver.

Depois do almoço e das visitas, a realidade, com sua inteireza bruta, volta à normalidade. Volta também a minha condição de estrangeiro e de não ter lar. Ninguém me reconhece. O cheiro da casa. O sotaque da família. Os olhos desconfiados do pai. O espaço de dois armadores. A rede que não cabe no espaço. A gata Pitanga. Adoro gatos porque eles têm personalidade. Não são de bando, nem invasivos.

Sou feito árvores que rasgam suas raízes. Não sou homem de genealogia; dentro de mim, enveneno toda sensação de pertencimento. Árvores sem raízes se transmudam em árvores que andam. Não me compreendo nesse lugar. Meu verdadeiro pai morreu de tuberculose quando eu tinha sete meses. Minha mãe era uma viúva com um filho para criar, numa realidade nada generosa com as mulheres. Não havia muita possibilidade de trabalho. Na árida luta pela sobrevivência, ela foi enfermeira durante um tempo. Depois abriu uma pequena venda. Por causa da necessidade, se casou com o velho Joaquim, que era também viúvo e com três filhos pequenos. Apesar de ele não gostar de mim, eu o chamo de pai. Minha mãe dizia repetidamente *pai é quem cria*. Toda vez que ele olha para mim, lembra que não foi o primeiro. Minha mãe amou outro.

Muitas coisas mudaram. Acredita-se que o país entrou num processo de democratização, e o mundo está evoluindo. Mas aqui o mesmo estado de exceção continua. Nenhuma mulher queimou seu sutiã, e a virgindade ainda é um grande tabu. Que tolice essa vontade de querer ser o primeiro.

O calendário fica fino. Parentes e curiosos me visitam. Os primeiros porres estou bebendo, e um programa de palco idiota no domingo é a fotografia do tédio que agride minha pouca serenidade. O velho Joaquim, meu pai, dificilmente rompe seu fino distanciamento, e quando o faz, é apenas para dizer que com a minha idade já tinha construído isso e aquilo. A verdade é que ele não sabe nada sobre mim e não quer saber. Meu pai nunca foi um estorvo na minha vida e na de ninguém. Ele diz que cuidar da própria vida já é complicado por demais. Não entende como as pessoas perdem tempo se preocupando com a vida dos outros. Em um ponto somos parecidos: sempre vivemos e nunca convivemos com ninguém.

2.

Minha irmã tem um senso prático que lhe enraíza nas coisas do cálculo. Letícia sempre encontra o peixe e inventa sua rede de pesca. Adora dizer que o melhor lugar do mundo é aquele onde podemos ganhar nosso dinheiro e criar os filhos. Foi dela a sugestão de começar a fazer bico com filmagens e fotografias, e, juntamente com a família, comprou uma câmera. Comenta-se que sou fotógrafo profissional e tenho no currículo trabalhos realizados para jornais e revistas. Não é verdade. Sempre fui um servo inútil.

Hoje tenho que revelar algumas fotos de uma festa de casamento. Amanhã deve chegar alguém para tirar uma fotografia 3×4. Em cada clique há um pouco do meu olhar. O que quero nessa rápida temporada são novas amantes todas as noites. Não sou de procurar pérolas que se desmancham nas mãos. Na fugacidade dos meus vícios, não me apego a nenhuma delas.

Cataclísmica busca por qualquer devaneio. Perder o senso. Provo a cura e o veneno de cada momento. Bebo como se todas as cervejas do mundo fossem ter fim. O meu ser neste mundo vou incendiar. Ouço uma garota que diz que sou muito exagerado. Ela não usa calcinha. Pequi ou manga, chupo até o caroço. Ganho residência subterrânea na boêmia. Sou um homem em plena harmonia com o subsolo deste lugar. Gosto do caos. Em todo maluco há um lado underground que ganha voo em todas as realidades.

Assim faço contato com os miseráveis. Os homens e as mulheres que não se curvam aos costumes locais. Os vagabundos que são louvados pelo desapego. Aqueles que não se podem olhar e apertar as mãos. Acredito que esses são os mais amados por Deus. Gosto de fazer fotografias deles. Da bebida que consomem. Da marca de cigarro. Do modo de se vestir e a geografia da caatinga.

Conheço algumas pessoas que fogem das suas normalidades. Sandra é uma delas. Uma mulher bonita que vivia em função do Joel, seu marido. A tadinha nem sabia que era traída. O malandro queria ficar com o casamento e com a amante. Numa dessas noites, ela o pegou com a boca na botija e o mandou se decidir.

— Você faça a sua escolha, e enquanto demorar com a resposta treparei com todos os homens que encontrar.

— Duvido, a minha Sandrinha não fará isso, meu amorzinho não é da bagaceira.

Antes de o dia amanhecer, Sandra transou com todos. Até os donzelos da cidade ela iniciou. Quando o marido fez a escolha, já não importava.

— Cansei do casamento, quero outros machos me comendo.

Eu poderia ser amigo dela. Poderíamos ter uma relação baseada no amor livre. Ocorre que no momento não quero proximidade com ninguém. Amizade também implica tempo com o outro.

Não penso em nada, nem crio expectativas para dias vindouros. O que me encanta é correr perigo. Sentir o vento quente no rosto, como quem se senta numa roda-gigante na velocidade de cento e vinte quilômetros por hora.

O tempo ensinou-me a rir da própria desgraça. É poético viver de acordo com as verdades que emanam do coração. Pensei nisso agora, escutando uma fita cassete do Sérgio Sampaio, que ganhei em Brasília, num show que ele fez na casa da minha amiga Luciana Barreto. *Não há nada mais tranquilo do que ser o que se sente.* O triste é que pessoas são julgadas pelo modo de se vestir e pelos grupos de que fazem parte. Se for homossexual, está lascado na mão desse povo. Aqui ou em qualquer lugar é do mesmo jeito. Somos capazes de ir à lua, nunca ao encontro do diferente. O pior é quando usam a fé das pessoas como um habeas corpus para o inferno.

De repente, escuto o Adalberto falando baixinho.

— Desmantelado, esse cabra é desmantelado. É homem sem futuro.

Não entendo isso, nunca dei um bom-dia a esse sujeito, e o meu nome virou osso na boca dele. Tenho que responder.

— Quem é você e quem lhe deu o direito de dizer o que sou ou deixo de fazer? Quem é você?

— Não preciso de licença. A boca é minha e digo o que quero.

— Então fale de você, de sua mulher. De suas viagens e de sua hospitalidade.

— Se você ficar falando besteira, eu vou te dar uma surra.

— Estou na sua frente, tente levantar a mão que te derrubo antes.

— Você é muito atrevido.

— Sou nada, se quiser posso fazer uma filmagem da sua esposa. Já comprou a passagem?

Ele coloca a mão por dentro da calça como se tivesse alguma arma. Duas pessoas se aproximam e o afastam. Adalberto é casado com Cidinha. Fica no primeiro banco da missa com cara de puta santa. Quando a filha da vizinha perdeu a virgindade, ela apontou o dedo e chamou a menina de quenga. Eles pensam que ninguém sabe a forma como eles colocam tudo em comum na capital. O casal tem um apartamento em Fortaleza. O aluguel é pago pela prefeitura. Adalberto é funcionário-fantasma. A mulher leva amantes para o quarto deles. O tarado fica escondido, deleitando-se em seu voyeurismo.

Por essas e outras, aprendi que aqui nunca devo apontar o indicador a ninguém. Aponto logo todos os dedos. Das mãos e dos pés. Com as marcas de feridas, aprendi a ser intolerante com os intolerantes.

Hoje sou qual um escravo que toma o chicote do capitão do mato e o açoita. É lamentável o número de vidas destruídas pelas línguas dos indecentes. Conheço pessoas que fazem dietas e jejuns e, no entanto, devoram a carne do seu próximo em calúnia. Eu não deveria ter me dado ao trabalho de olhar quem falou. A vida é minha, e somente eu tenho a responsabilidade de responder por mim. Todos os dias sou convidado a tomá-la em minhas mãos. Meu futuro são minhas possibilidades.

O fato é que estou cansado desse tipo de gente. O Adalberto é um sujeito que não consegue viver sem cuidar da vida alheia. Feito um cágado preso em seu casco; não fica distante de seus preconceitos.

3.

Minha mãe ainda não desistiu de mim. As mães não desistem. A esperança de que eu fique e seja um homem confiável em cálculos lhe carrega pelo coração. Quem sabe um novo comerciante ou um candidato ao conselho tutelar? Breve ilusão, nada disso faz parte da minha natureza. Viver uma existência calculada e bem planejada seria transformar a casa do meu ser num grande campo de batalha. A luta seria em vão, nem adiantaria olhar para o front. Eu perderia a cada manhã.

Se eu fosse um poeta, seria aquele tipo que chegaria atrasado a todos os compromissos por causa de um verso. Numa ocasião, participei de uma entrevista de emprego e só me lembrei de entregar o currículo quando voltei ao albergue.

Encontro com Sandra na praça e peço uma cerveja. Ela agora costuma fazer uma leitura do meu comportamento.

— No fundo você deseja esquecer que tudo em sua vida vira fumaça. Então é isso, meu amigo, tudo some sem dizer adeus. O que sobra é o medo de cortar os pés com os fragmentos de cada lembrança.

Agora é assim, qualquer pessoa que lê um livro de autoajuda acha que entende de psicologia. De Freud e de algumas gavetas desse departamento.

Lembrei-me de quando eu tinha oito anos de idade e passei uma semana bastante triste. Chorei tanto naqueles dias. Ficava isolado pelos cantos da casa. Minha mãe ficou muito preocupada, queria saber o que estava acontecendo. Ela me colocou em seus braços e conversou comigo. Esqueci as lágrimas e contei tudo que estava se passando. Cada gesto de amor recebido era como ganhar um novo mundo. Neide era a professora particular que me ajudava no dever de casa e conversava comigo. Aconteceu o seguinte: um dia o Everaldo, que morava em São Paulo, voltou de férias. Ele dizia que queria uma moça direita para se casar — uma daqui do interior —, porque não confiava nas mulheres da grande São Paulo. Ou seja, morria de medo de ser corno. Ele se casou com Neide, mudaram-se para o Sudeste. Ela nem se despediu de mim. Ficou aquela tristeza, e senti toda a densidade da palavra "ausência". Diga se estou errado: se tudo finda em nada, também não seria justo o esquecimento do que não fomos? Sabe de uma coisa, se a gente ficar olhando para o passado, nunca terá sossego; ao contrário, seremos reféns de tudo aquilo que um dia sonhamos. O melhor conselho é viver o instante e seguir fazendo de cada momento um grande milagre, ou criando linhas de fuga contra o desespero.

Sandra carrega na pele uma bondade suicida, em cada parte do seu corpo, um convite para uma travessia que incendeia os ossos. Quando tem insônia, passa a noite fumando e bebendo rum Montilla.

— Leonardo, vamos para minha casa. Beber, escutar música e esquecer um pouco do mundo.

— Gosto da sua casa. Sua cama tem frescor de tálamo.

4.

Em Dilúvio das Almas, as coisas são insuficientes, e o bom cristão não é a ajuda do órfão. Conta-se nos dedos do poente quem tem uma casa própria ou uma mesa farta. Frei Júlio, o novo pároco, entoou uma canção do padre Zezinho — "Senhor, dai pão a quem tem fome e fome de justiça a quem tem pão" —, tentou criar uma comunidade eclesial de base e falou de reforma agrária. Foi chamado de comunista do diabo e perseguido pelo bispo da diocese. Bala ou fogueira. Acabou sendo afastado da ordem. A minoria parasita da prefeitura e os que vivem da exploração dos oprimidos festejaram.

Minha mãe e o velho Joaquim, meu pai, nunca abriram conta no banco. Então, juntaram várias caixas de Ypióca. Na verdade, foi uma forma de não perder tanto dinheiro com a inflação. Dessa economia, eu ganhei uma moto, presente da minha mãe, uma semana depois que voltei. Costumo alugá-la para quem está aprendendo a pilotar. E para os rapazes que aceleram alucinados em busca de alguma maria-gasolina.

Os homens daqui não tratam bem as mulheres. Na semana passada, uma mulher foi assassinada com inúmeros golpes de faca. Enquanto o marido estava no interior de Minas, trabalhando no corte de cana. O irmão dele insinuou uma infidelidade da mulher. Parecia ter um espinho no coração, esse irmão. Foi muita maldade. Motivo bobo. Todas as noites ela e os filhos estavam na casa da vizinha, assistindo à novela das sete. Quando o marido voltou, matou-a com mais de trinta facadas, sem nenhuma tristeza. A coitada, com muito esforço, tinha juntado dinheiro lavando roupas para fora e comprado uma calcinha nova, na esperança de usar no retorno do carrasco.

Hoje alguém alugou minha moto para ir ao matadouro. Aqui não tem motel, e o matadouro à noite é bem aglomerado. Existem também aqueles que alugam para viajar a uma cidade vizinha ou a uma festa na zona rural. Tive sorte que ninguém alugou a moto com a intenção de cometer um assalto ou coisa desse tipo. O pessoal daqui é muito cheio de maracutaia. Um doidinho, toda vez que aluga, devolve com peças trocadas. O roubo é abominável. Uma vez assisti a um filme chamado *Ladrões de bicicleta*. O personagem comprou uma bicicleta para trabalhar, e no primeiro dia lhe foi roubada. Senti uma facada no coração. Uma vontade de quebrar a cara de quem roubou.

Posso dizer que conheço figuras curiosas. Nesse momento, lembro do Damião, um vaqueiro que alugava minha moto. Ele a usava também com a finalidade de tanger os bois. Já estava com várias marcas de queimadura de moto nas pernas e passava pasta de dente nelas. Quando tomava sua pinga, às vezes caía da moto e brincava dizendo que desmantelo só presta grande. Damião era um cabra-macho, nunca fugia de uma briga. Quando não gostava de alguém, fazia questão de dizer na cara. Nos fins de semana, apitava jogos nos campeonatos de várzea. Sempre mantinha as partidas sob controle. Até os pistoleiros da região tinham consideração por ele. Cinco da manhã era o horário preferido desses homens, que eram os agentes da morte. Um dos primos de Damião uma vez fez uma proposta. Ele pilotaria a moto, o resto do serviço o profissional executaria. Apesar de grosseiro e sisudo, Damião respirava vida. Gostava de viver intensamente os acontecimentos. Dançar um forró, cuidar da terra. Habitava nele um senso de justiça que jamais permitiria que ele aceitasse propostas duvidosas. Uma vez, enquanto tocava no rádio uma canção dos Paralamas do Sucesso — "Corria e viajava, era sensacional/ A vida em duas rodas/ Era tudo que ele sempre quis/ Vital passou a se sentir total/ com seu sonho de metal..." —, Damião ficou escutando e, talvez naquele instante, o cavalo de metal tenha sido seu grande sonho. Certa vez ele passou mal, muita dor. O corpo começou a definhar. Testemunhar o próprio corpo se deteriorando é penoso demais. Ele não reclamava de nada. Só depois de bastante insistência, permitiu que o levassem ao médico. Depois de algumas semanas, veio o resultado do exame: o caroço era maligno. Sua hora estava perto. Damião não avisou a ninguém que iria embora, nem chorou pelos filhos que não teve. Ele já foi de fazer alarde, mas nessa hora só quis ficar quieto feito uma estátua do Buda. Ou a estátua do padre Cícero que tinha em casa. Não pensava em como seria enterrado ou lembrado, ou no que tinha feito de sua existência. Damião, que gostava tanto de se gabar de tudo o que fazia, aos poucos se despiu de suas vaidades. Só queria ficar quietinho, esperando a ingrata. Mesmo sabendo que a morte chega sem hora marcada. Quando sentiu que era seu dia, pensou até em sumir nas serras, para seu corpo nunca ser encontrado. Ele era inquietação e lonjura. Chorou e chorou. Não por ele ou pela vida que não conquistara. Pensava na mãe. No sofrimento da mulher que o colocara no mundo. Sua vida merecia um repente do meu tio Zé Raimundo. O cantador também estava de luto e em luta contra o desespero. Meu tio perdeu o que mais amava.

5.

Tio Zé Raimundo é repentista e, quando as palavras estão gastas, faz da poesia sua morada. Ele sabe que é no sacerdócio da palavra que se pronuncia o inexprimível. Nas noites de cantoria, meu tio e um bando de cantadores abrem iluminuras com a ligeireza de cada repente. Quando o cantador amola os versos, penso na cigarra. Um inseto pequeno, que aumenta o volume do silêncio. Causa estrondos. O repente não é pueril, tanto encanta quanto incomoda. Revela as mazelas de um povo sofrido, ao denunciar um Brasil governado por sociopatas que usam ternos e são despidos de caráter.

No repente, a observação dos acontecimentos. As chuvas tardias, os homens que não sabem amar e a indiferença brutal dos ricos. Cada repentista é um poeta bem informado. Um dia a rima do meu tio entrou num vale de lágrimas, como se um meteoro caísse na casa dele. Como se a alegria fosse um pássaro ensanguentado com a asa partida em pleno pedido de socorro. O canto, a cor, o mensageiro. Tudo é gutural. Ele recebeu a notícia da morte do filho único. Naquela manhã, o mundo do meu tio e o de dona Rosa perdeu o cimo. O que ficou na terra foi um cheiro de sangue.

Zé Raimundo considera a morte de um filho um atentado contra a natureza humana. No dia em que o filho morreu, o poeta burilava um cordel e afinava a viola. Com entusiasmo, estava preparando uma cantoria para o dia da festa de São José. Naquele instante, todo o universo dele entrou em questão. Faltaram palavras para falar de todo o estilhaço do imo de sua alma. Era um céu derrapante que se desmoronava. O tio sentia no próprio corpo os escombros. Pungentes ficaram as horas.

O quarto vazio do filho, um nó na garganta e a vontade de metrificar a dor. Hoje, ele é um homem que medita sobre uma saudade que não conhece a palavra "basta".

Isaque foi o filho tão esperado. Dona Rosa engravidava e nunca segurava nenhum filho na barriga. Um dia no sermão do padre, ela conheceu na Bíblia a história de Sara. A esposa de Abraão, que deu à luz na velhice. O casal fez promessa e desejou o impossível. O sonhado aconteceu. O nascimento do filho foi visto como um milagre. Vivo, com cara de quem estava pronto para brigar com o mundo, e com saúde sobrando. Dona Rosa gostava de dizer que Isaque era o sorriso de Deus e filho da promessa. Acreditava que ele faria grandes feitos.

Cada nome significa um destino. O repentista acredita na sua viola, na força dos versos, e gosta de dizer que não importa o nome, e sim o que fazemos dele. Meu tio foi o primeiro existencialista que conheci. Lembro-me do professor Flávio mencionando uma frase de Jean-Paul Sartre que poderia ser confundida com autoajuda. Algo mais ou menos assim: "Não importa o que fizeram com você, mas o que você vai fazer com o que fizeram de você". O tio falava como se fosse um mote de um desafio de repentistas. Tudo que conquistei foi com a enxada e a viola.

Não conheci o primo. Quando ele nasceu, eu já tinha ido embora e, ao voltar, ele já havia morrido. A morte também escreve carta, e seus pombos são velozes. Zé Raimundo só queria um desafio de martelo com o destino. Colocar em decassílabo heroico toda a sua revolta. No seu canto espantar a tristeza.

Minha mãe conta que uma vez ficou incomodada com um comentário que o tio fez sobre mim.

— Parece que em família algumas histórias se repetem, apenas mudam os personagens. A história é a mesma. A princípio, meu menino fez igual ao abestado do Leonardo. Um menino bom, parecia que morava em outro planeta de tão aluado que era. Saía totalmente da realidade, e eu sempre perguntava em que mundo ele estava quando estava aqui conosco.

A minha mãe ficou magoada. Até entendo, cada história tem sua própria peculiaridade. Ninguém sente da mesma forma uma única dor. Mas alguns movimentos se repetem como se fossem os mesmos. O pior é que Letícia pôs fogo na conversa.

— Verdade, ele sumiu de casa sem deixar pista. Nunca enviou uma carta. Já se passaram mais de vinte anos e ninguém sabe do paradeiro dele. Ninguém sabe se ainda é vivo. Ele era muito desligado, duvido que tenha se saído bem na vida. O Isaque fez igualzinho. Ganhou o mundo e sumiu sem deixar rastro.

O que Letícia não sabe é que a ausência de uma vida boa me ensinou a arte de matar três leões por dia. Já fui comerciante trabalhando com secos e molhados. Segurança enfrentando homens sem nenhuma boa vontade. Agricultor com as mãos na terra e patrões repetindo que antigamente tudo aquilo era mato. Fui também artista plástico inventando artefatos que alguém comprava enxergando a beleza de sua inutilidade. Uma vez me fiz de forte para o mundo. Quando morei em Natal, ganhei muito dinheiro com frutos do mar. O empreendedorismo era minha capa de super-homem, até coloquei um negócio na praia de Ponta Negra. Aparentemente eu era saudável e confiável. Viajava bastante a Recife. A realização das coisas tomava múltiplas formas. De modo especial, no rosto de uma namorada que morava em Casa Amarela. Tudo limpinho, eu era um sujeito de sorte. No entanto, dentro de mim havia um eremitério de dragões e inquietudes. Aprendi naquele momento que interpretar o que não é dito é tão importante quanto o que é dito. Com o tempo, o lucro e os dividendos do meu dia não cabiam na calculadora. Madrugar, comprar mercadoria, tirar um talão de cheque. Tudo isso era também oferecer o meu tempo de forma barata. O tempo é tudo de caro que me escapa e dilacera. Quanto mais eu somava, por dentro tudo era menos. Nada disso bastava, e a felicidade custava os olhos de todas as tardes. Custava a minha liberdade, a minha sensibilidade e a minha recusa. Não demorou muito, vendi o que possuía. Joguei no chão minha capa de super-homem. Vesti meu terno de homem invisível. Sou exímio em sumir no mundo. Eu só queria a vida me respirando como um *road movie*. Há um defeito de fabricação que não me permite continuar o mesmo. Quem sabe eu seja um eterno nômade que passa sem pedir licença? Que passa sem dizer adeus. Que não olha para trás com medo de correr o risco de virar estátua de sal. Não tenho laços de esperança com o destino. O melhor caminho é a estrada. O vento frio ou quente da viagem. É bonito enxergar o mundo em nascimento. É como fazer uma leitura das entrelinhas do infinito. Nesse período conheci um grupo de andarilhos que falavam da estrada atribuindo a ela um valor místico. Um deles fez a famosa trilha inca e conheceu a companheira num albergue em Manaus. Os mochileiros têm todo o trajeto planejado. Neles existe uma serenidade no olhar que é cativante. Abandonei o que sobrava e os segui. Com os novos companheiros, a liberdade ganhava gosto de artesanato e origami. Aumentei meu vocabulário e escrevi a palavra "flâneur". Fui observando tudo e não sendo observado. Um estranho no meio das multidões e ao mesmo tempo sem fazer parte delas. Eu ensaiava minhas linhas de fuga num jogo de aproximação e distanciamento.

No caso do tio e de dona Rosa, a sorte deles parecia sorrir. Ao contrário do que aconteceu com minha mãe. Meu primo voltou no começo do ano. Sua jornada longe dos pais demorou apenas um semestre e alguns dias de fevereiro.

6.

Aumentava a cada dia a preocupação dos pais com Isaque. Os nervos não eram de aço e exigiam calmantes. O menino comprava tudo que encontrava pela frente, e todos perguntavam qual o banco que ele havia assaltado. Gostava de ser notado e buscava uma vida fácil. Comprou carro novo e no dia seguinte foi à feira atrás de algumas fitas cassete de forró eletrônico. Dirigir um Fiat Uno prata não bastava: colocou um som potente e o vidro fumê, para ninguém ver os esquemas.

Tio Zé Raimundo nunca teve dinheiro. Comprou a casa própria trabalhando duro. Uma vez participou de um desafio de repentistas em João Pessoa e tirou o segundo lugar. O prêmio era um carro zero, e ele quase ganhou aquele carro. A pergunta continuava, continua. Como foi que o Isaque ganhou tanto dinheiro? O tio pensou até na possibilidade de ele ter entrado numa quadrilha de contrabando de cargas, atividade que havia aumentado consideravelmente na região. Mas depois lembrou que o filho não se encontrava por estas bandas. Isaque dizia que estava no corte de cana, lá no interior de Minas. Pelo que entendi, ele sempre cometia o mesmo erro: subestimar os outros. Ninguém leva todo mundo no bico. Uma hora a casa cai. Zé Raimundo não era bobo e não engoliu essa mentira. Cada pai sabe o filho que pôs no mundo. Dona Rosa fazia vista grossa, o tio não.

O velho Joaquim, meu pai, dizia que o Isaque não era de trabalhar. Todos sabem que o corte de cana não paga bem, e o rapaz era dado à malandragem. A única vez que trabalhou foi quando viajou ao Paraguai para comprar cigarros falsificados e revender nos comércios. As pessoas não gostavam do primo e diziam que ele era dissimulado. Claro que ninguém nunca teve coragem de falar isso na frente do meu tio. Não foi uma ou duas vezes que o repentista disse ao filho:

— Ninguém engana todo mundo. Cuidado, um dia toda a verdade escapa.

Conta-se que uma vez, numa festa na cidade vizinha, ele tentou seduzir uma menina dizendo que era o filho do prefeito. A menina olhou bem para o primo e disse: *Eu sou filha da rapariga do bairro*. Ele ficou sem saber o que dizer com tamanha cortada. Veja bem, só depois de um tempo, o tio descobriu o que realmente tinha acontecido. Uma ocasião, o primo foi morar em Pernambuco e ficou sabe onde? Naquela parte do sertão do São Francisco. Entrou no empreendimento de maconha. Ele até tinha um papo politizado sobre a legalização do cigarro do diabo. Ou de Deus. Passava horas explicando o benefício para a agricultura familiar.

Vinho tinto em Quarta-Feira de Cinzas. Violáceas em fugacidade. Há sempre uma safra que se esgarça. Na sua nova temporada em Dilúvio das Almas, tudo foi como um relâmpago. Um cometa que some de repente. Uma chuva temporã, coisas de momento. Vaidades das vaidades. Com dinheiro no bolso e a chave do carro, ele começou a pensar que estava além do bem e do mal. Queria ser poderoso. Ser notado, temido e respeitado.

Até o momento, ele era a celebridade dos maloqueiros da cidade. O tio queria vê-lo casado e com filhos, mas não teve tempo. Uma vez Zé Raimundo sonhou que Isaque era pai de família e conversava sobre paternidade, sobre o que torna cada filho diferente e único. Da teimosia de um e do talento de outro. O tio acordou com um caroço na garganta. Foi apenas um sonho rompido.

Mas nem tudo entre eles foi atrito. Isaque tinha um plano muito bonito. Queria um dia fazer um passeio com o poeta em Arcoverde, Pernambuco. A ideia era conhecer a região que hoje é o âmago dos cantadores. O triste é que no seco chão da vida somos pegos de surpresa por uma palavra que não queremos pôr no nosso improviso.

7.

Nenhuma cidade é fácil. Andar pelos becos nus de Dilúvio das Almas não é para principiantes. Os muros, os galhos, as pontes e os rios pulsam encanto e horror. A fama de Isaque crescia, ele já não sabia cuidar de si mesmo. Admiro quem sabe viver entregue à própria sorte. Não era o caso do primo. Voltou de onde ninguém sabe, com bastante dinheiro.

Uma coisa era dada como certa: andava metido em atividades ilegais. Os playboyzinhos queriam ficar perto dele e contar vantagem. Um grupo de garotas transava com o primo. Um amor bandido era o fetiche. Todos buscam um estranho amor. Apertar o botão da turgescência como quem perde o ar. Foram tantas as histórias criadas ao redor de sua imagem — desde vendedor de uísque falsificado a matador profissional no Pará — que isso tudo acabou mexendo com o ego do Nivaldo, até então o garoto-problema de Dilúvio das Almas. A inveja é o mal do homem. Nivaldo perdeu espaço e procurou motivos para brigar. Dizem que ele matou um gaiato ao escutar o comentário de que peba é um tatu-de-rabo-mole. O sujeito tomou dois tiros na boca. Peba era o apelido de Nivaldo na época do colégio.

O primo sabia que, a partir do momento em que estamos fora de casa, ficamos expostos a tudo. Podemos fazer novos amigos ou inimigos. Tudo depende da intensidade de cada encontro. Não se engane, tudo o que é dito num rolê é levado a sério. Nivaldo encontrou Isaque bebendo sua cerveja e comendo uma asa de frango. Acompanhado de uma nova namorada. Isaque se apaixonava toda semana. Pelo que falam, ele tinha o sangue doce para mulheres. O bar ficava atrás da igreja, e o primo gostava de regular o som do carro no volume mais alto, só para atrapalhar a missa. De certa forma, ele só queria dizer *eis-me aqui, peço um pouco de atenção*. Nivaldo pediu o carro de Isaque emprestado para buscar um amigo. Mas o que ele realmente queria era criar uma confusão, pois sabia que Isaque não era de emprestar o carro.

— Cara, não leva a mal, mas não posso emprestar. O bacana aqui é escutar o som do automóvel, e se o carro sair, fica aquele clima de final de festa, entende?

— Soca essa chave no teu rabo, seu filho de uma puta.

— Calma, irmão, não sabia que eu era filho da tua mãe.

Nivaldo acertou um soco na cara do Isaque. A linda mulher que estava com o primo se jogou no chão e se fez de desmaiada. O garoto-problema cometeu um erro. O primo era bom de braço. Bastou um soco no queixo para o Nivaldo passar quase dois minutos desmaiado. Depois saiu segurando o choro.

Nivaldo não se deu por vencido e começou a rabiscar o carro com uma tampa de cerveja. Isaque era a pessoa do momento entre os maloqueiros da cidade. Era o novo playboy. Havia várias histórias com o nome dele. A fama de perigoso deveria ser mantida, senão sua moral clandestina correria o risco de perder o encanto. Então, ele puxou o revólver e... fogo. Ocorre que o primo não tinha coragem de matar ninguém. Apenas queria prolongar seus dias de celebridade. Mesmo com medo, deu o primeiro tiro. Mirou o chão, é claro. O tio, quando comenta sobre isso, sempre repete:

— Meu menino era de natureza boa.

Então Isaque deu o segundo tiro, no chão novamente. Nivaldo, como não era bobo, correu. Até porque existia o risco de ser acertado por uma bala perdida. Na cabeça do primo estava tudo resolvido. Deixou o chão com devoção por bala. Só não matou o garoto-problema da cidade porque o covarde fugiu. A realidade é uma coisa, e o que queremos é outra. A vida como realmente sangra é sempre cruel, e a maldade costuma ser escorregadia. O mal toma várias formas. Fica à espreita e, numa determinada situação, pode se hospedar.

Meu tio, como todo homem do sertão, deve ter conversado sobre esse tipo de assunto. Faz parte da catequese do lugar. Em cara de homem não se bate. Se vai começar uma confusão, que mate logo, e que o serviço seja bem-feito. Caso contrário, você será morto. O primo teve um triste fim. Assassinado de forma cruel e encontrado boiando num rio um pouco afastado da cidade. Coitado do tio Zé Raimundo, diante do corpo quase irreconhecível do filho.

— Mataram o meu menino como quem mata um cachorro doido e jogaram nas águas, servindo de alimento para as piranhas.

Perguntas voavam, sapateadas pelos barulhos das tempestades. O que Isaque teria ido fazer naquele fim de mundo e por que o carro não foi encontrado? Os veículos aqui são contados nos dedos, e escondê-los é como enterrar um grande elefante cor de prata. Pouco a pouco, a vida do tio foi se consumindo pelo desejo de saber toda a verdade. Uma coisa parecia certa: o Nivaldo seria o autor do crime. Os moradores de Dilúvio das Almas não faziam segredo do nome do responsável e diziam em coro: Nivaldo.

O tio agora fica a procurar uma brecha no passado em que possa abraçar novamente o Isaque.

— Meu filho, tu morreste tão distante, em águas de um verde lodo. Distante muito mais distante que o chão de um terceiro céu. Distante muito mais distante que a artéria locomotiva do tempo. Triste, eu sei, não mais verei a tua face.

Uma vez, o tio olhou para a minha mãe e comentou que depois de uma certa idade é comum e corriqueiro enterrar os nossos mortos.

— É a lei natural das coisas. Mas quando é o próprio filho, muda muita coisa. Fica parecendo um crime infinito contra a lei de Deus e dos homens. O certo são os filhos enterrarem os pais, e não o contrário.

8.

Quando criança, eu gostava de ouvir histórias sobre um certo caixeiro-viajante. Na Bíblia da minha mãe tinha o mapa da Jerusalém do Antigo Testamento. Eu pensava que seria possível pegar um trem para chegar até o reino de Salomão. Na casa do vizinho, havia um livro com o nome das capitais do Brasil. Decorei o nome de todas. Conhecê-las era o meu sonho. Eu passava o dia desenhando barcos. Meu plano era ser marinheiro. Conhecer mares e lugares desconhecidos.

O assunto em casa ainda é a morte do meu primo. Tio Zé Raimundo me visitou uma semana depois que retornei. Parecia que eu tinha tomado uma cerveja com ele na noite anterior. As verdadeiras relações de amizade e amor são assim, basta um encontro, e o tempo parece parar. Perguntei sobre Isaque. Queria saber das coisas de que ele gostava. Queria saber o que o primo mais amava no mundo, algo que, se fosse retirado dele, o tornaria uma pessoa vazia. O poeta não soube responder. Desenhamos o que nos falta. Não sou um homem sereno. Desenho barcos porque não tenho a tranquilidade de suas cores.

Hoje completa-se um mês que regressei a Dilúvio das Almas. A vontade de colocar a mochila nas costas e ganhar a estrada aumenta a cada instante. Acordar todos os dias na casa dos pais e sem perspectiva de mudança é algo maçante. É indigesto o convívio com os vizinhos, quando um sentimento de lonjura é gritante. Indigesto fotografar alguém com quem eu jamais me sentaria para trocar ideias. Muitas vezes, é um deles que me atende no bar ou que me oferece uma rede no crediário. A existência de gente ruim não é peculiaridade de Dilúvio das Almas. Eles estão em todos os lugares, e até num templo santo se oferece uma taça com vinho envenenado.

Sempre guardei uma grande admiração pelo meu tio, embora eu nunca tenha sido de demonstrar. Estou lhe devendo uma visita. É no encantamento das palavras que o repentista se esconde e lava sua alma. O bairro onde o repentista mora é quase zona rural e tem apresentado bastante lama, em consequência das chuvas. Passar por lá de moto seria complicado. Peguei o fusca do meu pai e fui pedir a bênção. O carro é velho, e em toda ladeira que sobe faz um barulho parecido com uma furadeira. Fiquei com receio de bater o motor. Os estrondos da ignorância são a parte que incomoda mais. Bati na porta da casa do meu tio e fui recebido com alegria.

— Mulher, bota mais água no feijão, que ele vai almoçar conosco.

Meu tio adora contar sobre as cantorias de que participa. Conta que o maior cantador que conheceu foi o Pinto do Monteiro. Gosta de Zé Limeira e dos Bandeiras, mas no improviso ninguém é páreo para o Pinto do Monteiro, conhecido como a "cascavel do repente". No meio da conversa, tio Zé pergunta quantos filhos eu tenho. Dona Rosa comenta baixinho, no pé do ouvido do marido, *ele é rapaz velho.*

O ambiente aquecido pela conversa retorna à sua tonalidade chuvosa. Um silêncio desconcertante é fixado. É como se eu fosse um pobre coitado.

Lembro que antes de ir embora, ainda bem jovem, fui me confessar, na Semana Santa. Na minha família, todo mundo pede perdão nos dias da Paixão de Nosso Senhor. O padre me orientava ao caminho do matrimônio.

— Vamos rezar pra Deus te arrumar uma companheira, porque o homem não deve ficar sozinho. Deus é três porque não é solidão, ele é comunhão. Lembre-se das palavras do criador, crescei e multiplicai-vos.

Depois de alguns anos, o sacerdote largou a batina e se casou com a secretária da paróquia. O caminho razoável é o sexo abençoado pelo casamento. Outra possibilidade é se amancebar e assim não levar uma vida de quengueiro. Em Dilúvio das Almas, o homem solteiro é um deslocado. Até mesmo a sua sexualidade é colocada em xeque.

Uma vez conheci um senhor chamado Oliveira. O velho era considerado a pessoa mais sovina da rua. Magro, encurvado, com óculos fundo de garrafa. Vestia a mesma roupa a semana inteira. Não usava pasta de dente, fazia apenas um gargarejo breve quando acordava e quando ia dormir. Um dia ele me convidou para almoçar em sua casa. Fiquei surpreso com o convite, que é motivo de espanto. No domingo anterior, a primeira leitura da missa tinha sido do livro do Eclesiástico. Dizia que o homem avarento é capaz de fazer barganha da própria alma. Todos olharam na direção de seu Oliveira. No dia do almoço, ele mandou dona Terezinha matar uma galinha e comprou uma cajuína São Geraldo. Quando entrei em sua casa, o Oliveira nem disfarçou sua intenção e me apresentou a filha. Uma mulher da minha idade que ainda era solteira e tratada pela família como se fosse um refugo. O nome dela era Ana, cheirava a sabonete Palmolive. Todos a chamavam de "moça velha". Mas não era de se jogar fora e, olhando de longe, até que era bonita. Aqui no sertão é aquela coisa: se meter, tem que levar ao altar. Oliveira perguntou sobre os meus planos nascituros.

— Não demorar muito em Dilúvio das Almas.

— Meu filho, um homem que não pensa no futuro tem uma vida sem razão.

A existência acontece no sentido que damos à vida. Mesmo sabendo que os melhores projetos terminam inacabados. Sinceramente, acredito que a moça vai fugir com algum maloqueiro da cidade e se libertar da casa dos pais. Ninguém aguenta tanta repressão. Uma hora o corpo sente e quebra todas as portas.

Nas minhas relações, amei muitas mulheres. No entanto, a fidelidade nunca foi meu forte. Sempre amei mulheres loucas. Sabe aquelas relações em que você perde ou ganha? Nunca tive nada a oferecer a não ser os meus sentimentos e minha fome de viver. Por outro lado, nunca pedi ou esperei algo. Não sou de fazer cobranças. Uma vez conheci uma mulher que nunca mostrava os seios na hora de fazer amor. Sempre se escondia com uma blusa ou com um vestido. Ela nem me deixava chupar os seios dela. Às vezes eu pensava que ela tinha uma daquelas cicatrizes horríveis e não queria que ninguém visse. Mas era tão bom estar com ela. Um dia me mostrou. Havia uma deformidade, dois bicos em um dos seios. Saímos várias vezes; a cada encontro descobria algo inusitado. Juntos, tolerávamos as nossas anormalidades. O bizarro era louvável. Éramos mutantes na noite. A melhor amiga dela era uma travesti. O meu melhor amigo na época era um poeta que não parava em emprego nenhum. Abri a porta da percepção, respirávamos a cor das nossas auras. A travesti foi assassinada. E ninguém sabia sequer o nome civil dela, apenas o nome de guerra. Quase foi enterrada como indigente, porque nenhum familiar reconheceu o corpo. Mas o meu amor cuidou de todo o velório. Foi a primeira vez que me encontrei com ela pela manhã. O nome dela era Carla.

Tio Zé Raimundo aprecia as coisas que eu digo. Ele não para de observar meus gestos. Acho que pensa em como seria o seu filho quando chegasse à minha idade. Por falar nisso, é dona Rosa quem toca no assunto da morte de Isaque. Ela tem fogo nos olhos e uma vontade de vingança. Não é de justiça divina ou da lei dos homens que ela fala. Seu desejo de justiça é aquele do código de Hamurabi. Uma retaliação na base do olho por olho e dente por dente. O tio evita o assunto. Sei de uma coisa: muitas vezes os calados são os mais perigosos.

9.

Zé Raimundo corre com uma faca amolada. Ganha a calçada e parte da rua. Meu tio o mataria se o encontrasse, mas não era ele. Agora é isto: qualquer barulho de moto, o tio corre para ver se é o assassino do filho. Na noite de ontem, Nivaldo passou com uma moto na frente da casa dos meus tios.

— Que tipo de monstro ele é? Mata meu filho e ainda passa fazendo chacota. Zé, temos que fazer alguma coisa. Zé, isso não é vida.

Ocorre que, uma semana depois do crime, Nivaldo se embriagou num estabelecimento que fica na frente da minha casa. Ainda vou escrever um livro sobre o cinismo. Moro num barril de pólvora, e não faltam cínicos neste lugar. O Adalberto, com aquela língua sibilante, adora alimentar uma intriga:

— Eu não queria dizer, mas é melhor vocês ficarem sabendo por mim. O Nivaldo anda falando que a morte vai ficar por isso mesmo. Não vai dar em nada. Na família de vocês não há homens capazes de vingar a morte do Isaque.

Seria bom o Adalberto passar um tempo com a boca fechada para o veneno não vazar tanto. Sempre me pergunto como pode um homem se transformar num traste. Numa coisa o Nivaldo tem razão: não somos homens vingativos. Mas veja bem uma coisa, a morte de um filho e a falta de alumbramento da justiça desmantelam a cabeça de qualquer um, percebe? Eu mesmo, se estivesse em casa, teria colocado um revólver na boca de Nivaldo. Dona Rosa está bastante revoltada e não para de dizer *se não tiver homem que faça justiça, eu mesma farei. Ninguém tira a minha cria e fica por isso mesmo.*

Ela tem um oratório em casa e reza todas as noites, pedindo para o Nivaldo se lascar.

— Minha vida virou um inferno. Não sei que mal fiz para merecer isso. Se você não quer que sua vida seja um inferno, então não faça inferno na vida de ninguém. Que injustiça. Eu nunca me preocupei com a vida alheia. Não mereço isso, não mereço.

A pobre repete todos os dias essas palavras a Fátima, sua vizinha e confidente.

— Nessa cidade ninguém é inocente de nada. Todo mundo tem segredos bem escondidos. Que mal fiz para merecer um castigo desse tamanho?

Dona Rosa faz uma interpretação jurídica dos castigos de Deus. O castigo deve ser equivalente ao tamanho da culpa. Lembro que uma vez ela afirmou que foi necessário Jesus morrer por nós, porque o pecado do primeiro homem foi contra Deus, e Deus é infinito. Se o pecado foi contra Deus, então a culpa deve ser infinita. Sendo assim, somente Jesus, sendo Deus, seria capaz de pagar. Não entendo de teologia. Sei que num ponto ela tem razão: em Dilúvio das Almas ninguém é inocente.

O velho Joaquim, meu pai, está preparado com o seu 38. Ele não é de murmurar ou jogar palavras ao léu. Mesmo sendo um homem abraçado à rotina, há algo de misterioso em suas ações que o salva de ser um homem fácil de adivinhar. Se o Nivaldo fizer alguma piada, não duvido que deflagre todas as balas. Meu pai é aquele tipo que mata sem alarde. Lembro que ele me feria apenas com a pontada de sua indiferença. Ele nunca desmoronou. Tijolo por tijolo, levanta todos os seus muros, mesmo que demore décadas. Um dia ele me falou que a paciência, enquanto paciência, é ação. Com toda calma, espera-se o momento certo para colocar o animal na armadilha. Eu aprendi isso com ele. A arte das armadilhas não funciona com pressa. Exige tempo de amadurecimento.

10.

Graças à curiosidade da vizinha, Zé Raimundo fica a par de toda a inércia da delegacia. Rosa reclama muito da forma como a investigação não se descerra, até comentários de policiais ela repete. Fátima se reúne todas as noites com outras vizinhas e realiza uma espécie de café filosófico sobre a morte do meu primo. Na verdade, é uma forma de esticar conversa. Ela é uma mulher com uma grande rede de informações — principalmente porque o filho dela, o Cícero Ramos, é escrivão da polícia. O rapaz é sabatinado todos os dias e só ganha o sossego depois que conta tudo a Fátima, e quando não conta, ela joga na cara do filho *foi vendendo caldo de cana que paguei o seu curso de datilografia.*

No dia em que Nivaldo foi convidado a depor, não deu em nada. Ele só negou. Tinha o álibi de toda a família. Dizia que havia passado a noite na casa dos pais, jogando baralho com as tias. Comenta-se na cidade que o pai do Nivaldo é um bajulador do prefeito, e a mãe foi amante de um vereador chamado Pedro Justossanto, irmão de um deputado. Daí podemos imaginar em que fossa entra toda essa merda.

Em Dilúvio das Almas, todos sabem que o garoto-problema é filho desse vereador. Nivaldo é cínico e atrevido, mas não é inteligente. Com certeza foi bem orientado por um advogado. Ele foi bastante retórico e se divertiu com a investigação.

— Alguém tem alguma prova contra mim? Alguém me viu com o Isaque? Alguém me viu dando pauladas nele? Alguém me viu no lugar do crime? Alguém encontrou as minhas digitais? Dizem que eu matei ele e que sou o principal suspeito, mas o que existe de concreto? Quem viu? Quem viu?

Segundo o escrivão, ele não largava o cigarro. Rosa chorou muito quando escutou o relato. No sertão tudo ganha uma interferência política. Já pensou se fosse com uma pessoa da minha família? A polícia chegaria dando soco no estômago. Seria uma grande pancadaria, dessas que só resta dizer o que fez e o que um dia sonhara fazer. A justiça sempre fez distinções entre as pessoas. No caso de um filho de um vereador ligado ao prefeito, o tratamento é outro.

Ninguém mexe com Nivaldo, até porque ele recebe todo o carinho do Justossanto. Acontece que esse homem tem vários filhos fora do casamento. Geralmente coloca suas mulheres como funcionárias-fantasmas da prefeitura e ainda pega uma parte do dinheiro. Com a alegria de ser intocável, anda armado nas vaquejadas e encomenda a morte de quem passa pelo seu caminho. Dependendo da pessoa, uma cabeça de gado custa mais. É um sujeito temido pelos pequenos e desafiado apenas pelos seus iguais. Por isso o Zé Luiz acha que qualquer dia a polícia vai chamar Nivaldo para um novo depoimento, com direito a café da manhã e um cigarrinho. Não vou me admirar se no próximo interrogatório rolar um joguinho de baralho. O que chamou bastante atenção foi esse teatro. Para os meus familiares foi revoltante. O prefeito mandou trazer forças policiais de fora, para dar um apoio na investigação. Fundo falso: a ideia era passar a impressão de que estavam fazendo alguma coisa. Ao contrário, usaram o poder para manipular e interferir na investigação. Fiquei até sabendo que o delegado é afilhado de batismo do pai do vereador.

Uma tragédia revira toda a visão de mundo de uma pessoa. Rouba toda a paz e a condena ao limbo de um dilema: vingar ou não vingar. Como conviver com esse conflito? A vida de Zé Raimundo era iluminada de cantorias. Seu agrado cotidiano, fazer um cordel e plantar feijão. Na juventude, seu sonho era tocar um dia com Pinto do Monteiro, o repentista que ele mais admira. Agora a vida do tio é consumida pela vontade de justiça. Todos os dias, dona Rosa exige uma ação dele.

— Zé, temos que fazer alguma coisa. Não colocamos filho no mundo pra terminar assim. E a nossa moral onde fica? Agora todo mundo vai achar que pode bater em nossa cara. Zé, precisamos resolver isso.

O tio toca o violão e sabe que seu desafio de martelo será dedilhado com a sextilha de um revólver calibre 38. Confesso que até dentro de mim germina o mesmo desejo de vingança. Não é fácil testemunhar todo o desespero da família. Sou um homem que não tem nada a perder. Na verdade, tenho: meu desapego e meu modo de ser no mundo. Quem sabe acabar com isso seja uma forma de pagar o amor que nunca dei. Suponha que nesta cidade pequena eu o encontre no mesmo ambiente. Eu não ficaria parado. Eu o mataria. Eu o rasgaria ao meio. Brincaria de roleta-russa e alegre assistiria ao desespero dele.

II.

A tarde se esgarça com uma chuva fina, que logo passa. A noite surge com uma serenidade de claustro. Uma sensação de paz tão boa que rezei para que durasse um pouquinho. A tranquilidade perdida da família. Faço outra visita a Zé Raimundo. O tio, com uma vontade de rasgar o céu, olha ao redor como quem diz que tudo isso é nada. Serve um café feito por ele. Pelo estado da casa, é perceptível a bagunça existencial do casal. Algumas plantas pedindo água, precisando de um pouco de sol. As paredes denunciam, teias de aranha crescem em todos os cantos. O quarto vazio do primo, sem cheiro de mofo e todo organizado. Piso numa barata que faz horas já estava morta. A boca de dona Rosa ganha uma sonoridade de máquina de escrever. Quando fala é como se houvesse em todos os lados da casa um cartaz com o aviso *O filho foi morto e o criminoso está solto*.

Rosa, que outrora tinha um papo de beata e rezava o terço antes de começar a missa, agora só fala em vingança. Ela olha em minha direção, e o fogo dos seus olhos faísca.

— Quem sabe você pode ajudar, Leonardo? Todo mundo sabe que você não tem amor às coisas e a ninguém. Nessa vida não tem nada a perder.

Eu nem respondo. O fato de ter passado uma vida fora e nem saberem como eu vivia ou o que fiz para sobreviver alimenta a imaginação desse povo. Penso em dizer algo socrático, do tipo *se um jumento te der um coice, você não responde com outro coice*. É tudo muito delicado, e soa superficial jogar ao ar uma frase filosófica que aprendi em bares. Bebendo cerveja com o Flávio e alguns escritores, fiz da boêmia um bom curso de filosofia e letras. A questão era outra. Pouco a pouco o mesmo desejo de vingança também tomava conta de mim. Feito pássaros que voam em cima da minha cabeça, querendo fazer ninho. Tento confortar dona Rosa:

— A única coisa que podemos fazer é esperar um pouco pelas investigações.

Apenas ilusão. As investigações se transformaram numa noite de blecaute. Ninguém enxerga nada. Nenhuma névoa a situar a geografia do crime. Uma única prova seria como um grande e brilhante achado. A peça de um acervo raro. Por isso, o não dito é a parte que faz mais sentido. São tantas sombras, e ainda existem as forças externas que influenciam no inquérito.

No mundo já presenciei muitas injustiças e nunca estive do lado dos opressores. Mas quando a demência da lei e o escárnio dos poderosos são com as pessoas que amamos, muda muita coisa, entende? Enterrar os nossos vivos é a esfinge que covardemente devora.

— Leonardo, o que eu queria era ter tido muitos filhos. Com certeza um vingaria a morte do irmão. Quando o Isaque brigava no colégio e batia em um dos colegas, sabe o que acontecia? No mesmo dia era procurado pelo irmão mais velho, que o agredia. Se era o meu menino que apanhava, não existia irmão mais velho, ninguém o defendia. Como seria bom se Deus tivesse me dado muitos filhos.

O tio se senta em sua cadeira de balanço, e o que balança é o temporal em sua cabeça. Espera a novela começar como quem tampa os ouvidos. Nem parece aquele homem que me recebeu cheio de alegria. O silêncio da ausência é gritante. Eu sei que ele quer tanto quanto dona Rosa acabar com a vida de Nivaldo. É difícil para um homem do sertão andar na rua de cabeça erguida sabendo que o assassino do filho perambula pelas praças e bares como se nada tivesse acontecido. O tio, que sempre foi um homem leve e conversador, hoje caminha como se tivesse um monte de espinhos nos chinelos.

Parte III
Sertão romã

I.

Pedro Justossanto cerrou os punhos e falou:

— Todo mundo come a sua buceta, e se eu quiser acabo com você.

— Nem adianta me bater. Não tenho medo, e não vai me comer. Dou para os outros, pra você dou não.

— Se não trepar, volta a pé.

A estrada fica quatro quilômetros afastada da cidade. Uma garota disse não ao Justossanto. Ele a puxou pelo braço e a expulsou do carro. Em busca de carona, com uma beleza que parecia carregar a densidade das intempéries da noite, ela caminha entre os insetos e a areia que o vento lança em seu rosto.

Simone tem dois filhos de pais diferentes e apanhou algumas vezes de seu irmão, o Damião. O sujeito que gostava de alugar a minha moto. A menina começou a trepar cedo, e não é da minha conta e nem quero saber quem foi o primeiro. O que acontece é que todo mundo começou a chamá-la de puta. O privilégio de ser puta, como sabemos, é apenas para quem é casada ou amancebada. A sacanagem só é permitida dentro da roupagem dos bons costumes. Simone tem sempre uma resposta na ponta da língua, uma palavra desconcertante que sai sem nenhuma medida. *Macho não manda em mim*, ela diz. É uma mulher que, em outra sociedade e com oportunidade, poderia colocar muita gente aos seus pés. A falta de sorte foi ter nascido aqui e cometer o pecado de gostar de sexo. Simone não é apenas um corpo que acena para os meus desejos insanos. É uma pessoa que assume suas inquietudes. Não aceita os grandes rios sem antes perguntar pelos seus afluentes.

Se não tivesse os filhos, ela toparia correr o mundo comigo. Os homens que transavam com ela achavam que se tratava apenas de uma mulher de esquema. Geralmente se encontravam em bares escondidos na saída da cidade ou em lugares que são como alcovas. Com o tempo, Simone abandonou esses encontros, estava entediada com o pensamento rasteiro desses idiotas. Homens que conversam como quem abre uma fossa. Alguns não aceitaram a rejeição e começaram a espalhar mentiras sobre a garota. Ela nunca teve nenhuma fagulha de interesse pelo vereador. A recusa muitas vezes é uma arma. Foi o que aconteceu hoje. Pedro Justossanto convidou Simone para tomar uma cerveja e a levou a uma estrada. A garota não aceitou transar com o político. Falou que treparia com os outros; com ele, não.

Eu estava voltando de uma festa na zona rural. Não foi do jeito que eu esperava. Foi nessa noite que a conheci. Ela subiu na garupa da moto, e começamos a beber nosso primeiro porre. No boteco, tocava na vitrola uma canção de Reginaldo Rossi. Novos assuntos surgiam em movimentos parecidos com uma luz néon em uma pista de dança.

— Eu me cansei dos paspalhos dessa cidade. Acho que minha alta rotatividade de parceiros diz muita coisa sobre mim. Gosto da bagunça. Que o mundo exploda e todos tomem no cu. Na verdade, eu gosto é de trepar. Qual o problema em assumir que gosto? Com o tempo peguei nojo da prepotência e arrogância desses filhos da puta. Eles pensam que por terem comprado um carro ou um pedaço de terra são melhores do que o resto do povo. Outros, por causa do nome de família tradicional. Besteira, o que mais vejo é avô rico, filho nobre e neto pobre. Se um deles me pedir esmola, não dou. Algumas coisas me deixam sem paciência. Odeio sermão, principalmente quando chega naquela parte do *eu avisei*. Outra coisa, eu nunca quis um relacionamento sério só pra poder dizer que tenho alguém.

Tanta coisa a falar, que o tempo parece uma fita cassete sendo rebobinada. Nossas dúvidas e nosso contentamento cabem nessa noite. E assim falamos das nossas loucuras cotidianas. A minha falta de senso prático. A falta de vergonha dela. Cada gole de cerveja, cada beijo e cada carícia, uma mágica que acontece sem revelar seus truques. Depois da primeira noite com ela, passei o dia com uma canção na cabeça: "Nesse corpo meigo e tão pequeno/ há uma espécie de veneno/ bem gostoso de provar". Ontem foi massa. Hoje a levarei para um açude bem afastado. Essas águas são calmas porque alguns acreditam que lá aparecem assombrações, e as pessoas têm medo. Hoje quero tudo de novo, com música, dança e toda falta de juízo.

2.

O bar é a secretaria dos meus devaneios. Peço uma cerveja e acendo um cigarro atrás do outro. Meus dedos semelhantes a um turíbulo. Alguém fala que fumo feito uma caipora. Entre a poluição sonora de um carro e um cão pulguento, vejo um bêbado que dança sozinho. Existe nele algo de xamã, as pessoas o chamam de adivinho. Mesmo dançando sozinho, é como se estivesse carregando uma horda em seu baile alucinado. Chama bastante atenção, lembra as nossas solidões. As nossas alucinações. Ele pediu para ler minhas mãos. Mostrei a palma das minhas moiras.

— Só vejo desmantelo. És mais confuso do que cego no meio de um tiroteio. Quando tu te resolveres e souberes o que queres da vida, me procura.

Simone chega com o seu shortinho apertado, daqueles que as senhoras zelosas dos bons costumes olham e dizem *é quenga*. Eu me sento e levanto o dedo, pedindo outra cerveja e um copo. Sempre fico empolgado quando peço mais uma. A saideira é quase sempre a penúltima. Em outra mesa, um vaqueiro de cara vermelha manda recadinhos a Simone. Tudo como se ela não estivesse acompanhada ou como se eu fosse um homem invisível. Não falo de gado e de outros mercados e nem deixo pesada a minha cintura com uma arma. Sou um homem de passos leves.

Várias leituras são possíveis a partir do primeiro olhar. Talvez no raciocínio pedregoso desse sujeito, eu seja apenas um idiota e Simone, uma vagabunda. Depois de muitos temporais e pancadas, a carne fica macia. O espírito casca-grossa. E acontece que estou cansado de ser um sujeito que nunca quebrou um teto de vidro. Estou cansado de ser pacato. De ser o bom selvagem. Cansei de fugir para o mercado não me comprar. Com o tempo, fiquei acostumado a passar pelos lugares sem querer ser notado. Sem querer provocar. Doce e amarga tolice. Apenas o fato de não me adequar ao modelo vigente me transforma em alguém que incomoda.

Pergunto se ele perdeu alguma coisa. O homem de cara vermelha me ignora por uns segundos e chama Simone à mesa. Pergunto qual é o problema. Ele faz um comentário nada agradável.

— Parece que você gosta de chupar tabela.

Pego a garrafa de cerveja e quebro na cabeça dele. É real? Nunca fui tão agressivo. Ele cai com a cabeça cortada e o garçom me afasta. Surge um sujeito pequeno e rápido feito relâmpago. Acerta dois socos, e eu desmorono. O céu parece uma chuva de estrelas. O dono do bar e alguns bêbados chegam para separar.

— Pague sua conta e não volte. Pague logo e vá embora.

— Não se preocupe, sou um homem preparado em viagens. Se eu fosse mais jovem, arriscaria uma voadora naquele baixinho. Escuto os gritos de Simone, *você ficou doido, ficou doido!* Quase falo *sempre, meu amor, sempre saio da casinha*. Mesmo com toda a minha falta de serenidade, nunca tinha feito algo semelhante antes. A espessura belicosa da cidade me deixa um pouco truculento.

Levaram o sujeito ao hospital. Faltavam médicos e nada de curativo. Não havia material. O hospital não cheirava a detergente ou éter. Espero que o vaqueiro ainda esteja contando carneirinhos.

A relação de Simone com o irmão e outros parentes foi traumática. Em mim ela enxerga, nesse momento, alguns parentes e pesadelos. Quem sabe o Damião, e por isso queira distância?

— Leonardo, passei minha vida inteira cercada de valentões. Irmão, primos e alguns rolos. A última coisa que quero é outro brigão na minha vida. Não gosto dessa esculhambação. Por favor, vai embora.

Simone precisa de um tempo e parece bastante decepcionada comigo. Eu volto para casa, com a cara inchada. Se não fosse o dono do bar, aquele baixinho teria quebrado toda a minha cara. Passei a noite ruminando os eventos. As palavras saíam com dificuldade, estava até gaguejando. Aquele merda viu na mesa a mulher que eles chamam de puta e um homem que eles julgam sem horizonte, eu. Um distraído que se perdeu na vida. O vaqueiro, ovelha de pasto de algum dono de terra, julga-se no direito de fazer com a garota o que bem quiser. O que é visível é o seguinte: ele se nega a reconhecer a nossa identidade como pessoas. Já dizia o finado Damião *desmantelo só presta grande*.

A garrafa quebrada na cabeça do homem de cara vermelha é minha carta de apresentação. Se o diálogo acaba, a violência chega como quem diz *eis-me aqui*. Então toda barbárie ganha o pódio, e a humanidade vencida sobrevive a conta-gotas. Acontece que com esse tipo de gente não tenho diálogo. Nunca abordei Simone de maneira tão indelicada e baixa. Nenhuma mulher é uma qualquer. Na verdade, nunca vejo nenhuma pessoa como se fosse apenas um fulano sem importância. Jamais usarei alguém como meio. Cada ser humano é um fim em si mesmo.

    Minha opção sempre foi pelos excluídos, e me fiz um porque os mistérios de cada indigente são inefáveis, e ser minoria é o melhor de mim. Minha falta de apego é o que me torna leve e arejado. No entanto, já faz algum tempo que ando como quem usa sapatos de chumbo. Só hoje percebi: já não sou um homem de passos leves.

3.

Um som machuca meu cérebro. Assemelha-se a uma orquestra desafinada tocando a *Nona sinfonia*. Desperto de um sono descontínuo. Meus pais e irmãos ao redor da minha rede. Minha mãe começa com uma repreensão.

— Você não toma juízo.

    Muitas vezes, tomar juízo é agir conforme a sociedade espera e se curvar aos seus costumes. Desde criança, meus heróis eram aqueles que não se curvavam a nenhum homem ou pátria. Estes preferem desenhar uma curva e sair da pista a seguir a mesma reta em um mundo sem significados. Admiro pessoas que inventam saídas. Sendo assim, prefiro ficar no pleno uso dos meus delírios mentais. O pior de uma noite desagradável é acordar e descobrir que não foi um sonho.

    Esta manhã é de certa forma como todas as outras, depois da morte do meu primo. Um dia com a sensação de uma paz extraviada. Minha sorte é que um garoto de outra rua tirou uma nota baixa na escola. A família dele cismou que botaram olhado. Pedem para a minha mãe rezar por ele. Minha mãe é uma boa rezadeira. Ela vai até o muro, pega uma folha de pião--roxo e começa a rezar. Religião aqui é levada muito a sério.

Quando fazemos uma novena aqui em casa, tem mais gente rezando conosco do que nas missas do padre. O velho Joaquim, meu pai, fez apenas um comentário:

— O homem em quem você bateu ontem é filho de um conhecido e trabalhador do vereador. Não devia, mas vou tentar consertar a confusão que você arranjou. É incrível, alguns frutos apodrecem e não amadurecem. Outra coisa, ele não deu parte na polícia. Sabe o que significa? Que vai resolver de outro jeito. Você entende, né? O bicho mais fácil de matar é o homem. O homem é o bicho mais fácil de matar. Nunca se esqueça disso.

Nesse átimo, bate uma saudade da minha vida errante. Uma vontade de tocar nas flores de ipê. Beber a solidão das metrópoles e o frio do Sudeste. No que sou deserto, sou multidão. Ao mesmo tempo, quero permanecer quietinho e transar com Simone. Conversar qualquer bobagem, um corpo em outro corpo, o seu suor entre meus pelos, o cheiro de cigarro e o gosto de bala de menta nos beijos dela.

Por outro lado, sofro com a situação do meu tio e o desmando dos poderosos desta terra. Na verdade, sofro por não poder fazer nada. Creio que nunca me preocupei tanto com outras pessoas. Sempre só tive que me cuidar e me preocupar apenas comigo. Sem compromisso com a salvação de ninguém ou dos meus dias. Eu era qual um eremita urbano. Sozinho nas metrópoles. Hoje, a vontade de justiça me desgasta, como se fosse uma aguardente que entra queimando tudo por dentro.

4.

Simone iniciou um novo trabalho numa casa de família. Tem que limpar, cozinhar e lavar a roupa. Tudo que ela faz, a patroa reclama. Se coloca sal, a comida fica muito salgada, e se não coloca, fica insossa. É uma casa de tortura. Não é o que ela esperava. No entanto, ela precisa de dinheiro. Ou ela se vira como pode, ou bem os filhos morrem de fome. Desde criança Simone tem calos nas mãos.

Ainda continua bastante incomodada com a noite de ontem. Ela baixa a cabeça e passa a mão no queixo. Não precisa dizer nada. Eu entendo o recado. Não quero me envolver com pessoas problemáticas. De problemas já bastam os meus. Era para ser só uma noite, uma noite apenas. Gosto de ouvir a voz dela e a provoco até ela falar. Até as palavras escorrerem pelo céu da boca.

— Você é muito louco. E sei que não sou exemplo de pessoa ajuizada. Pense bem, dois loucos juntos é algo muito perigoso.

— No fundo sei que você deseja continuar tanto quanto eu. Nem adianta negar. Você gosta da loucura.

Algumas formas de amar são semelhantes a um vício. Queremos mais e mais. Sem nenhuma justa medida. Para Simone, o mundo não é um palco, tudo é muito térreo. Ela altera a voz com som e fúria:

— Você é muito desaforado e convencido.

— Não sou, não, mas sei que contigo as minhas noites são mais leves e bonitas. Falo com toda a sinceridade. Se quiser, escrevo. Quer?

— Leonardo, o que há de concreto entre você e eu?

— Simone, não sabemos o que somos. Há algo de grande, de levantar o queixo, acontecendo. Se permita. Ontem já foi. O que temos é apenas esse instante que velozmente passa.

O amanhã cabe nas coisas bacanas que podem acontecer. Deixo todas as possibilidades nesse copo de delírio. Quero também o impossível.

Ela apenas comenta:

— Você é engraçado. Nem parece que tem a idade que tem.

— Prometo te fazer rir. E sem garrafa quebrada.

— Sei não, vou pensar.

A gente geralmente se entende. Nem parece que tem tão pouco tempo que a conheço.

— Leonardo, quero fazer uma pergunta. Você terminou o segundo grau?

— Sim, há bastante tempo.

— Poxa, que legal, eu parei na quinta série. Tenho muita vontade de fazer supletivo e, depois de terminar tudo, sonhar com algo melhor.

— Pode sonhar agora, sonhos não mordem.

— Às vezes mordem e perdem a validade, é quando a vida passa e não acontece nada. A gente fica triste, sabia?

5.

Mesmo com todos os perigos da noite passada, eu e Simone ignoramos pensar na morte. Depois da chuva, o cheiro de terra molhada é incenso. É tão bonito o silêncio do mato. Na calmaria do açude, podemos nos permitir. Todo o tesão na mesma gramática da pele. Uma língua em outra língua. No corpo dela, cicatrizes que são as marcas de uma vida. Entre pétalas e seixos, uma romã sorri em puro sumo. Todo esse clima ganha uma mudança de temperatura. Uma chuva de pedras que destoa da paz do momento.

— Deve ser o cara de ontem. Ele veio te matar.

É também o que penso. Mas não. Avisto duas imagens distantes, estão vestidas com mortalhas. Simone solta um grito para dizer que são duas almas penadas. Corre em direção à moto. Eu não fico para verificar o que realmente está acontecendo. A moto não dá a partida. Essas coisas só acontecem nessas horas. Olho com muita calma para tudo e percebo que a vela da moto está fora do lugar. Coloco de volta e acelero. Simone já sentada na garupa, agarrada ao meu corpo. Sinto os seios quentes e todo o seu medo. Sinto que o medo é também por mim. Ela repete *o que foi aquilo, o que foi aquilo?*

Suponho que não eram os dois idiotas de ontem — eles preferem balas a pedras. Também não se trata de fantasmas. Nunca ouvi falar de uma alma empata-foda. Suspeito que são dois galhofeiros. Qualquer pessoa seria capaz de vestir uma mortalha. O que chamou minha atenção é que Simone não comentou com ninguém que trepamos lá. Não tem sentido alguém se fantasiar de fantasma num lugar deserto. Apenas os urubus de estrada são vistos naquela região.

Paramos num bar, peço uma cerveja. Começamos a falar de várias possibilidades. Garimpando dados, como se cada semente de hipótese fosse ouro. Chegamos à conclusão de que não deveríamos perder a noite por causa do imprevisto. Agora já é uma nova circunstância. Piloto a moto até o matadouro. Uma cidade sem um motel é uma cidade triste.

6.

Em Dilúvio das Almas até as assombrações lançam pedras. Sou meio descrente dessas coisas. Lembrando-me de Dom Quixote, não acredito em bruxas. Mas que elas existem, existem. Ontem a madrugada caiu de forma inusitada e incompreensível.

Do susto ficou a curiosidade. Voltarei qualquer noite dessas para fazer a prova dos nove. O que sei é o que vi. Não toquei para saber se é de carne ou se são homens transparentes. Uma pista: nessa cidade nada é cristalino. Assim como a Perna Cabeluda, toda lenda tem sua origem.

Essas assombrações no açude começaram há cinco anos, dizem. No começo acreditaram que eram almas penadas indicando que no lugar havia uma botija guardada. Na época do cangaço e de outros bandoleiros, fazia parte dos costumes as pessoas esconderem suas fortunas dentro de um pote. Escondiam também dentro de uma louça ou jarra de barro. A botija muitas vezes era enterrada no pé de uma árvore ou no terreno da própria casa. Veja bem como funciona: muitas vezes a pessoa morria sem desenterrar o tesouro escondido. Então a alma, bastante apegada à sua fortuna, ficava penando. No outro lado, o preocupante era o diabo, que ficava alucinado em busca do pobre fantasma. Então a alma penada teria que escolher alguém para desfrutar de sua riqueza. Existe um conjunto de regras. A pessoa deveria seguir todas as instruções, e, depois de pôr as mãos no tesouro, o novo ricaço teria que se mudar para outro endereço. Que coisa! O povo nem depois de morto deixa de criar regras! Como falei, existe todo um rito. A alma faz uma visita em sonho e revela o lugar. O escolhido leva uma vela. Além de levar a vela, não pode olhar para trás, porque o diabo que ambiciona ficar com a alma penada pode de muitos modos atrapalhar.

Aconteceu o seguinte: com as aparições daqueles fantasmas, os moradores de Dilúvio das Almas imaginaram a existência de uma botija perto do açude. Para os pobres e sonhadores da cidade, as histórias das almas penadas transformaram-se numa corrida do ouro para encontrar a botija. Foi uma loucura. Semelhava a uma nova romaria no sertão. Por associações de ideias, as pessoas começaram a sonhar com a fortuna. Mas logo no início encontraram duas pessoas mortas. A crença continuou, e disseram que foram pessoas escolhidas, que não cumpriram as regras da alma penada. Fizeram o acordo e não cumpriram; logo, os espíritos as castigaram. Temos até relatos de botijas encontradas. Quando abertas, havia dentro delas várias serpentes venenosas. Em alguns casos, apenas carvão. Estranho. A polícia da época acreditou que tinha sido obra das pobres almas e não realizou nenhuma investigação. Então foi isto: dois homens foram mortos, e ninguém colocou a lenda em questão. Depois dessas mortes, somente eu e Simone voltamos a passear por aquelas terras.

No começo da semana, ela me contou que sonhou com muita prata queimada e enterrada naquele lugar. É associação de ideias, foi o que falei e pensei. Ela respondeu *não duvide dos sonhos.*

Dentro de mim há vários defeitos de fabricação, e um deles é a curiosidade. Quero conhecer a metafísica daquele lugar. Desconfio que há muitos segredos ao redor daquelas águas.

7.

A casa é pequena e os dois quartos não têm portas. No aperto do lar, escuto a conversação do velho Joaquim, meu pai, com o Zé Luiz:

— Acho que o aluado do Leonardo não demora muito tempo por aqui. Ele não sabe o que quer da vida, e o pai não tem idade para se preocupar com uma pessoa que nunca tomou jeito.

Parece que minha mãe é a única da família que não está na torcida ou fazendo bolão para acertar o dia da minha partida. Zé Luiz, o único dos irmãos com quem tenho amizade, também deseja que eu pegue a estrada. Letícia apenas faz questão de lembrar que não sou irmão deles. O mais velho dos irmãos me ignora e nem faço questão de mencionar seu nome. Um sujeito que só aparece aqui quando precisa de alguma ajuda e fala diretamente com o velho Joaquim. Trata a minha mãe como se ela não existisse.

 Zé Luiz foi importante, porque sem ele eu teria me isolado totalmente no meu mundo. Ainda lembro bem, ele dizia que queria ser caminhoneiro. Era repleto de sonhos e fazia carros com latas de óleo. Um homem comedido, que pensa antes de falar. É servidor, e sempre está pronto para ajudar. No matrimônio, ele não teve sorte. Na verdade, a falta de sorte foi da primeira esposa. Meu irmão é ciumento e tem um espírito avaro. A mulher se cansou. Arrumou as malas e levou os filhos. A vida dele era do trabalho numa cooperativa agrícola para casa. Algumas pessoas têm uma grande capacidade de administrar o dinheiro. E há outras que só se deixam levar pela vida. Meu irmão se encaixa no primeiro tipo. Eu não. A mulher queria pelo menos uma vez por mês fazer um passeio no fim de semana. Ir tomar banhos em algum balneário ou ter outro tipo de recreação em qualquer cidade vizinha. Ele só pensava em ganhar dinheiro e cumprir seu papel de bom provedor. Ela não desejava apenas conforto, queria divertimento, queria ser tocada pelas mãos bravias da vida. Da água que toma banho, provar toda a sangria de um açude. Hoje, Zé Luiz vive com outra mulher e tem uma filhinha. No entanto, não mudou nada. Ciúme, trabalho e sua vida antissocial. Corto a conversa deles.

 — Na próxima semana, tem cantoria no sítio Olho de Cobra. Estou cogitando passar por lá e escutar o repente do meu tio. Gosto dos seus versos certeiros e desconcertantes.

 Os dois sabem que escutei tudo.

— Seu tio e outros cantadores estão na torcida para que apareça algum político para botar um bom dinheiro. A última cantoria nesse sítio não pagou nem a corda do violão.

— Tenho certeza de que ele não procura nenhuma proximidade com esse povo. Alguns desses parasitas estão do lado do Nivaldo. A morte do Isaque roubou toda a paz de Zé Raimundo. Dona Rosa, toda noite, aperreia o tio dizendo que ele tem que fazer isso ou aquilo.

— O problema maior é outro. Seu tio agora anda armado, e se encontrar o Nivaldo, a desgraça será grande.

— Sério?

— Sim, a mulher dele falou. E disse que toda vez que ele vai à rua, ela fica rezando, com medo do seu tio levar algum sacolejo da polícia.

— Não sei disso, não. Acho que a dona Rosa fica na torcida é para o tio encontrar o Nivaldo. Até parece que escuto ele falando *a gente não é do lado do poder local*. Tudo de maligno pode acontecer.

O velho Joaquim diz que ele sabe do que está falando. Pois o amigo dele, o cantador Raul Dias, além de ser oposição, fez versos criticando os líderes que se venderam. Criticou abertamente num dos seus repentes. Cantando sobre sacos de cimento e empregos-fantasmas, oferecidos na compra de votos. Corajosamente, comparou com raposas esses vereadores eleitos com votos comprados. Raul foi ameaçado de morte, mas continuou sua vida sem sair da cidade e não mudou sua rotina. Não teve medo. Sabe o que aconteceu depois? Quando fizeram um calçamento na rua, pularam a frente da casa dele e continuaram o trabalho. A casa do cantador é a única da rua sem calçamento na frente.

Quer saber de uma coisa? Depois de descobrir o que se passa naquelas terras, vou pegar Simone e ganhar o mundo.

Parte IV
Sarça ardente

I.

A estrada é horrível, cheia de buracos. E ontem choveu. Em tudo, um lamaçal só. Nas juremas, marcas de faca. Alguém retirou suas cascas. Em algumas religiões indígenas do passado, as cascas de jurema eram consumidas por causa de seus efeitos psicoativos. Sua raiz é considerada sagrada. O cenário se modifica, e aos poucos eu me preparo para entrar, sem esperança de não me sujar. Os espinhos do juá no chão são um alerta. Aqui tem que pisar com cuidado. A água do açude ficou barrenta, mas seu silêncio continua intacto. Uma manhã com a sonoridade de fim de tarde. Deixo a moto e já vou entrar na mata. Nos mistérios desse lugar, no etéreo ou inferno de seus fantasmas. Depois de vinte minutos, percebo que as terras de Pedro Justossanto ficam aqui. Há uma cerca com a placa *Propriedade privada. Se entrar, eu atiro.* Como se fosse um agouro, me lembro da descrição do território despovoado em que o filho do Cristiano foi encontrado. O prudente é voltar e evitar encrenca. Além disso, daqui a pouco vem chuva.

    A inquietude sempre foi minha hóspede, é o que mantém minha capacidade de me espantar. O velho Joaquim, meu pai, gosta de dizer que a paciência, enquanto paciência, é ação. À noite invadirei esse latifúndio. Vou retornar à cidade e farei novas fotos. Pagarei as minhas cervejas e cumprirei o meu papel de animal político, que se reconhece na fofura do convívio social. Aqui, apenas lama, espinhos e galhos de árvores que arranham a minha testa. Contemplo as ranhuras de faca na jurema. Tudo acena dizendo que esse lugar gosta de manter seus mistérios. E gosta mesmo. Os dois pneus da moto foram rasgados. Empurro a moto até outra estrada por trinta minutos e fico esperando algum sinal de vida. Minha sorte é que, não demora muito, passa uma carroça. Um agricultor simpático. Aquele tipo de pessoa que quando abre a boca sempre tem uma história nova e deixa todo mundo sorrindo à toa. Ontem, pedras e almas penadas. Hoje, os pneus rasgados e marcas de faca na árvore.

Visualizo a imagem do poço em que eu costumava buscar água quando era criança. Jogava o balde, enchia e deixava afundar. A corda nunca alcançava o final. Quando pensava que chegaria perto, descobria que era mais fundo. Um dia joguei uma corda e deixei o Zé Luiz segurando. Mergulhei no fundo e toquei com os pés. Não consegui segurar a corda para subir de volta e foi um desespero. Felizmente, meu irmão jogou a outra corda com o balde, e eu subi. Quando quero algo, vou até o fim. Vou descobrir o que está acontecendo. Não há nada que fique para sempre encoberto. Um dia, a verdade escapa de todos os poros e se espalha em todos os cantos. Espalha-se em tudo que é vivo e em tudo que é pó.

2.

Aperto da sala. O sol entra na carne qual um balaço. Minha mãe faz perguntas sobre Simone.

— Meu filho, procure uma moça direita.

Eu brinco, dizendo que gosto de escrever com a mão esquerda. Confesso que considero sem razão esse comportamento, porque passei muito tempo fora de casa. Esqueço que nas relações familiares e amorosas não existe nenhum raciocínio lógico. No amor, não se busca o bom senso. Quando um corpo entra em outro corpo, somos atropelados pelas emoções. A arte de pensar corretamente se desmantela.

Tomei muita pancada e aprendi que sobre as nossas maiores paixões temos que tomar cuidado com quem falamos. Em muitas situações, palavras são convertidas pelos inimigos em munição.

— Meu filho, ela tem dois filhos, você vai criar filhos dos outros? E quando você tiver problemas com as crias dela? Você acha que a Simone vai ficar do lado de quem? Deles, sempre deles.

— Mãe, não sou filho do Joaquim e fui criado por ele.

Minha mãe calou-se, retirou-se e não quis prolongar a conversa. No dia seguinte, ela teria sessão de hemodiálise. Não estou bem, o peito estreito. Um sentimento de culpa. Não era preciso jogar na cara dela. Ser tão áspero. É muito triste um filho que responde aos pais. O sentimento de culpa gera uma vontade de mudança ou de inferno. O fato é que não gosto de certas incoerências. Apesar das minhas contradições. Mas quem não se contradiz? Acho que esse discurso é estranho, vindo da minha mãe. Quando agrido alguém, é uma parte de mim que diminui, e, se me calo, não resisto aos estrondos que queimam toda a musculatura da minha alma.

3.

O fim de tarde tem o movimento de pássaros migratórios. Talvez seja porque o infinito de cada tarde é sol rachando as rugas de uma vida que se faz árida. Um homem de rotina é um animal previsível. É nesse horário que a carroça volta. Farei minha trilha nas terras do Justossanto como quem acende uma aurora. Não ficarei nenhum dia sem saber o que ocorre naquele latifúndio.

    A carroça leva-me ao mesmo lugar em que me encontrou. O rapaz faz perguntas o tempo todo. Quer saber um pouco da minha história. De modo especial, o motivo do meu retorno a Dilúvio das Almas. Todas as minhas respostas são vagas, e percebo que já não coloco o meu mundo em questão. Deixar de conversar com os próprios abismos é sempre preocupante.

    Sou um bom intruso e entro nas terras proibidas. Caminho a passos lentos e me escondo até dos pássaros. Os cantos do medo são os piores. Não há nenhum sinal de plantação de milho ou feijão. Parece mais um lugar de desova. Vou investigar tudo. Serei um homem da ciência. Minha insistência é minha luneta. Assim me vou. Verificando, provando, mensurando tudo o que vejo e toco. Nem que termine amanhã. Até o momento, noite escura. Sem tesouro e alma penada. Escura noite, apenas uma carcaça de carro carbonizado. Talvez seja esse um lugar de desmonte de carros roubados. É um Fiat Uno, quase todo queimado. Barulho de veículo: é um Chevrolet C10 azul. Acompanho o movimento, rastejando com todo cuidado. A concentração é tanta que esqueço os espinhos e a lama no meu rosto.

    Quem procura acha. Encontro a fortuna. Uma botija com mais de 80 mil pés de maconha. Que podem produzir até seis toneladas da droga. Se transformados em maconha pronta, acredito que terão mais ou menos trezentos quilos. Uma grande plantação. Talvez a maior que já existiu na região. Até que enfim um jardim bem irrigado. De longe o reconheço pelo corte na cabeça. É o homem de cara vermelha em quem quebrei a garrafa. Veja até onde cheguei. Reconheço um homem pelo estrago que fiz em sua cabeça. Junto com ele, o baixinho que me acertou. Foi tão rápido que o chamo de Lampejo. O outro conheço apenas de vista. Fico escondido bem distante deles. Num lugar em que não sou visto e não posso vê-los.

Já é quase três da madrugada, e o carro vai embora. Debaixo de uma aroeira, foram tantos pensamentos gritando dentro de mim, que tive que os segurar pelas asas. Tantos temporais, e não encontro paz em nenhuma brisa. O medo da morte. A vontade de sacudir os vaga-lumes e revelar o que ninguém quer enxergar. Juntar as evidências. Resolver um bom quebra-cabeça. Os fatos querem ser vistos: é respirar fundo e abrir os olhos. Fiat Uno, o mesmo ano, a mesma cor. E o que falar do envolvimento do primo com plantações de maconha em Pernambuco? Acredito que a coisa pode ser explicada a partir das suas relações com o vereador. Quem sabe o Isaque tenha feito um estágio ou algo do tipo no município de Cabrobó? Tudo dentro dos interesses de Pedro Justossanto. O primo era ambicioso e pensava em algo maior. Andava pelas ruas dizendo que iria passar uma temporada na Colômbia. Até deu um cachorro de presente a uma das suas namoradas e colocou o nome de Pablo.

Não tenho dúvida de que o vereador é o mandante. Nivaldo não teria peito para tomar essa decisão sozinho. O fato é que Justossanto teve um filho desmoralizado. Mesmo o Isaque sendo um dos seus, ele tinha que fazer algo. E havia conflitos de interesses. O sensato é esquecer tudo isso. Como sabemos, a justiça não vai resolver. Dona Rosa enlouqueceria com toda a verdade. Revelar toda a verdade ou esquecer? Não é uma decisão fácil. Não posso voltar e dormir o sono dos conformados. Não, não é uma questão hipotética, e sim uma obrigação. Acredito que todo homem e toda mulher têm o direito à verdade. Para o tio, o desafio de martelo será diferente. Matar ou mudar de cidade, não há possibilidade de sair intacto. Agora tenho que ter cuidado. Caminharei bastante. Com os pés cansados e a mente fervendo.

4.

Um tiro seco. Quando se balança o gatilho não é apenas uma pessoa que morre. Às vezes são muitos. Em outras, o próprio homicida. Em casa encontro minha mãe aos prantos. Um choro abafado. O velho Joaquim me diz o que aconteceu:

— Mataram o Zé Raimundo.

Lembrei do Cristiano. Tudo do mesmo jeito. Algumas coisas sempre se repetem. Primeiro o filho e depois o parente que poderia se vingar. A notícia de que meu tio andava armado se espalhara.

Fátima está calma. Foi ela a portadora da notícia. Com tranquilidade, explica em detalhes o que sabe:

— Então, vou contar direitinho tudo o que aconteceu. Ontem à noite, o Nivaldo ficou sabendo da arma que o Zé carregava na cintura. Com ansiedade, esperou seu tio sair de casa e começou a fazer ameaças. Zé o pegou pela abertura e o lançou no chão. Tirou o cinto e surrou o meliante. Quando levantou uma enorme pedra pra terminar o serviço, a turma do deixa-disso apareceu. Turma chata. Veja como são as coisas: ele sempre andava armado. Logo ontem não colocou o 38 na cintura.

— E o que aconteceu depois?

— Bom, segundo os relatos, um Chevrolet C10 azul foi buscar o Nivaldo no hospital. O mesmo carro passou na frente da casa do seu tio duas vezes.

— Eu sei quem são eles.

— Não, não foram eles, apenas mostraram a casa ao matador. O trabalho foi profissional.

— Como assim?

— Eram quase cinco da manhã, o pistoleiro pulou o muro da casa e abriu a torneira do tanque. Rosa, sem ter a menor noção do perigo, abriu a porta e foi fechar a torneira. O pistoleiro entrou na casa, e foi um tiro certeiro. Tudo muito rápido.

Matou o filho, e agora o pai. Meu Deus do céu, e agora o que faço? O que faço? Nunca me senti tão pequeno e ao mesmo tempo bestial. Preciso fazer alguma coisa. No sertão a vegetação e os utensílios entram em estado de ação. Eu também devo entrar. Já não posso ser um indiferente à cidade e à família. Tenho que tomar o meu lugar nessa realidade. Começar a dar os primeiros murros em ponta de faca.

Sempre estive aberto ao novo e paguei todas as consequências sem murmurar. Muitas vezes até neguei a minha própria identidade. Habitei qual um estrangeiro em todos os lugares, feito quem prova todos os licores e quintessências. Fazendo deles a cura e o veneno dos meus dias. Mas esse novo tem gosto de azedume. Odor de agouro, de fóssil. Lembro do Cristiano e do filho. Lembro de alguns homens e mulheres que ousaram amar perigosamente. Que saudade de quando eu era apenas um enfermo social. Um maldito. No meu nada e desapego, fluía o que havia de melhor e grande em mim. Sou tomado por uma saudade. Saudade de quando eu era apenas um peregrino na terra.

Descansarei um pouco. No final da tarde, participarei do sepultamento do meu tio. Será outro crime que ficará impune. Não consigo dormir, sei que o matador é o Adelino, primo de Simone. É muito óbvio: a briga foi ontem, e o tio foi morto hoje. Contrataram alguém da cidade. Uma vez o Damião me contou de alguns crimes com a mesma característica. Sem barulho e atraindo a vítima a uma insídia.

De repente, tudo na vida é cortante. O peito sangra, e o pêndulo da justiça é putrefato. Fico a contemplar meu surrão de viagem. Penso na paz que um dia, mesmo de forma intervalada, existira.

Letícia, com os olhos esbugalhados, entra desesperada no meu quarto:

— A polícia quer conversar com você.

Sou levado até a delegacia. Não sei do que se trata. Matam o tio e prendem o sobrinho.

— Você sabe por que está aqui?

— Não tenho a mínima ideia.

— Cleiton, que vivia nas terras de Pedro Justossanto, foi assassinado ontem. Um tiro na cabeça. Você foi a última pessoa vista com ele.

O Cleiton era o dono da carroça que me ajudou com a moto, deixando-me perto do açude. Um homem sem maldade. Não merecia ter sido morto. Acho que ele nem sabia do que acontecia naquelas terras. Por outro lado, em Dilúvio das Almas ninguém é inocente. De alguma coisa ele deveria saber. Não me deixam falar e sou levado a um quartinho escuro com cheiro de roupa suja. Entra um policial e me dá um soco na barriga.

— Fala, confessa o crime, você matou ele.

Não falo nada. Recebo o segundo soco e vários pontapés. A tortura é também psicológica. Chamam-me de vagabundo e ladrão. Fazem insinuação de que o crime foi um latrocínio. Um deles troveja que eu busco uma vida fácil, igual ao meu primo. Curioso, parece que depois de morto o Isaque virou réu. Eles podem tirar a minha vida aqui, não irei produzir provas contra mim mesmo. Não confessarei nada.

Em todo momento, penso na dor dos meus familiares. Não posso assumir o que não fiz. Sou levado ao lugar do crime. No lixão da cidade apontam onde o cadáver foi encontrado. Entre o lixo e as varejeiras. Penso que é o retrato ideal dessa sociedade. Tudo em decomposição.

— Você deve lembrar bem. Não faz tanto tempo que matou aquele pobre homem.

— Eu não matei ninguém.

— Matou. Um monte de gente viu.

— Eu matando o Cleiton?

— Não, você pedindo carona.

Um policial chamado Mattos pega um saco plástico.

— Diga logo como foi que matou. Vai confessar ou vai pro saco?

Fico pensando se seria possível colocar os nomes daqueles policiais no saco, encher de ar e explodir.

— As suas unhas estão grandes, podemos te fazer um favor e arrancar todas.

— Vocês fiquem à vontade para me matar. Não vou confessar o que não fiz.

Recebo outro soco no estômago.

— Confessa, assume o que fez.

— Foi só uma carona. Uma carona.

Veja como são as coisas: na noite passada, eu sonhei com uma alma penada que me falou da botija. Rapaz, estava tudo batendo, o açude e o pé de jurema. Infelizmente cavei e não tinha nada. Nenhum deles engoliu a história.

— Não posso dizer nada sobre minha investigação ou vão me matar.

— Você é um bom contador de história. Pena que ninguém acredita nas suas invenções. Mentiroso, vejo um cartaz na sua testa. Mentiroso.

Sou conduzido de volta à delegacia e me prendem no quartinho escuro. Botam todas as fitas cassete que encontram para tocar. O barulho é muito alto. Não há possibilidade de dormir. Além disso, não me deixam beber água. Eles sabem que estou exausto. De uma em uma hora, entram no quartinho e me mandam confessar. Repetem todas as perguntas sobre a morte do Cleiton. O que eles querem é saber o que eu fazia naquelas terras. Passam a noite toda se revezando. Fazem uma escala. Não direi nada, não confessarei um crime que não cometi. Esse inferno está durando a noite toda. É a noite mais escura da minha vida. Mas não confessarei. Não confessarei.

5.

Lembro de quando o professor Flávio escutou uma canção e traduziu uma parte que dizia *existe uma rachadura em tudo, e é assim que a luz entra*. Nesse quartinho opaco e sem dobradiça, procuro as falhas. Por alguns segundos, conquisto dentro da minha resistência um pouco de claridade. Sinto a carnadura do dia que se levanta com gosto de espelunca.

Zé Luiz leva um advogado. Foi pago com um carneiro. Estou liberado, mas sem poder sair da cidade. O Mattos me encara. Mostro as unhas e pergunto se ele faz bico como manicure. Nessa tragédia sertaneja, o que desejo é jogar um coquetel molotov na delegacia. O dia é cinza e tem um gosto malogrado. Entro no Chevette verde do meu irmão. Algo me diz que a dor não vai virar fumaça. Já não sei se devo ir embora ou tomar a minha parte no combate. Depois da tortura, todo homem fica muito fragilizado. O importante é que não me traí. A cada negação, nascia uma rosa no céu da boca.

Zé Luiz não liga o carro.

— Precisamos conversar.

— Já sei. Vão pedir para eu partir.

— Não, não é isso. Leonardo, seja forte. Sua mãe não suportou a noite de ontem. A morte do seu tio da forma como aconteceu e a sua prisão. Tudo isso foi demais. Você sabe, ela não tinha uma saúde boa. Sua mãe agora está do lado do papai do céu.

Falta o ar e tenho um pouco de taquicardia. Só me resta chorar. Preferia que eles tivessem me matado ontem. Seria mais suave morrer do que enterrar minha mãe nessas condições.

Entro em casa e beijo sua testa. Aquele corpo tão pequeno no caixão. A família perguntando o que fizemos para merecer tanta desgraça. Ontem o enterro do tio, e agora é a vez da minha mãe. Não fizemos nada de errado. Não merecemos isso. Tudo acontece porque existe uma cultura de morte sustentada pelos poderes dos mais fortes. Sustentados e legitimados pelo medo dos mais fracos. Quero cuspir nesses coronéis. Nos políticos e burgueses que atuam feito aves de rapina na economia falida desse lugar. Filhos da puta, todos eles. A tristeza e uma novidade chamada ódio me abraçam e me convidam à barbárie. Nunca tive ódio de ninguém. A palavra "ódio" sempre foi apenas um substantivo abstrato.

Simone chega. A voz baixa e distante, recebo um abraço. Adalberto observa com desdém. Tenho quase certeza de que foi ele quem comentou que o tio andava armado.

— O que o senhor está fazendo aqui? Por favor, me dê a honra da sua ausência.

Quando Simone entrou em casa, ele a olhou como quem diz *a puta chegou*. O Justossanto também se faz presente. Usando seu chapéu de couro que fede a esterco. Com cinismo, presta suas condolências.

— Meus pêsames. Qualquer coisa que precisar conte comigo. Qualquer coisa.

— Por favor, não tire o chapéu. O que tem dentro fede muito mais.

Minha vontade é acabar com ele aqui mesmo. É o enterro da minha mãe, não posso fazer isso. Ele fica sem entender nada. O raciocínio é lento. É uma besta. No entanto, um perito em fazer maldades. Sabe das minhas visitas às suas terras e que seu barato sempre verde pode ter sido descoberto. Acho que a morte dele será um problema escatológico. O cretino é tão ruim que ao céu não vai, e no inferno nem o diabo quer. Bem que eu poderia chutar logo o pau da barraca e terminar com tudo. Mas não é oportuno. Minha família desmoralizada, e eu tendo que segurar minha sanha.

Pode chover forte, que já fiz minha escolha. Estou preparado e sei como me abrigar da tempestade que se aproxima.

6.

O velho Joaquim termina de fazer o café e me oferece. Não é bom, tem pouco açúcar e é muito forte. A casa ficou amarga. Tudo seco, nem parece que é inverno. Os ratos aumentaram, e a Pitanga fica deitada em cima do muro, observando um rabo de peixe no chão. Acho lindo um gato tirando um cochilo, parece um monge tibetano. Ela ainda está bastante triste com a morte da minha mãe. Os felinos não são desapegados aos seus donos. É uma visão equivocada. Os gatos geralmente escolhem uma pessoa da casa e se apegam. Não sou um felino, mas sou errante, e, da minha maneira, sempre escolho apenas uma ou duas pessoas do meu convívio. A Pitanga tinha o seu modo particular de manifestar todo o seu carinho enrolando-se nas pernas da minha mãe. Uma vez a gata sumiu. As crianças da rua começaram uma grande investigação para encontrá-la. As buscas terminaram quando alguém falou que ela foi vista na saída da cidade. Depois de dezesseis dias, Pitanga apareceu na porta de casa, toda arisca. Com fome e sede. Maltratada e nervosa. Minha mãe quase pulou de tanta felicidade. Ao mesmo tempo estava triste. Desconfiava que tinha sido obra do velho Joaquim. Tem coisas que não entendo. Um sujeito detestar animais é uma delas. Às vezes tenho a impressão de que ele só gosta de coisas inanimadas e almas vegetativas. Por isso, as frutas de cera na cozinha são a única coisa que lembra algo vivo.

As pessoas são assim, não toleram nada que se apresente como adverso à sua vontade. O grande pulo do gato é domar os ventos contrários. Nesse sentido, penso na imagem de um artista que produz algo novo a partir de forças opostas.

— Escuta, filho, sua mãe antes de se juntar comigo possuía uma casinha pequena e bastante simples. Foi comprada pelo seu verdadeiro pai. Você deve se lembrar da casa. Com o tempo, ela reformou e comprou outra casinha ao lado, e a transformou num ponto comercial. Sua mãe recebia um aluguel. Ela sempre dizia que era uma maneira de ajudar na aposentadoria. O que recebemos nem paga os remédios. O imóvel é sua herança.

— Sim, eu sei desse pequeno patrimônio, acontece que o corpo da minha mãe ainda nem esfriou. Não estou com cabeça nesse momento para tocar no assunto. A conversa sobre a escritura pode esperar. Se quiser, pode me entregar agora o papel.

— Leonardo, o melhor é partir. Aqui não é o seu lugar, pessoas do seu tipo incomodam. Se ficar, vai ter vida curta. O péssimo comportamento no velório da sua mãe é um bom exemplo do que estou falando. Morei a vida inteira nessa rua e nunca arrumei uma briga. E, olha só, você em poucos meses já fez inimigos. Vamos combinar o seguinte: eu e seus irmãos compraremos esse ponto comercial. Com essa pequena quantia, você pode recomeçar uma vida nova. Distante de toda essa confusão, de todas essas lembranças. Homem, vá-se embora.

Hoje, sou eu, amanhã ele se livra da Pitanga. Depois de um tempo, todo hóspede começa a feder. Saber o momento de partir é fundamental. O fim de festa. No entanto, ainda falta quebrar alguns copos. Tenho muita coisa para resolver e contas a cobrar. A proposta do velho Joaquim eu aceito com gratidão. Mesmo sabendo que o interesse é o aluguel do ponto. E ficar livre de mim.

— Mas tem uma condição: a Pitanga fica alguns dias ainda nesta casa, enquanto procuro um cantinho.

Quero partir numa noite sem nuvem e com lua. Ainda tenho que esperar o tempo de o inverno terminar. Não quero viajar debaixo de chuva. O temporal não aduba o fogo, apenas o infelicita.

— Leonardo, a casa é sua. Se quiser pode ficar aqui, por enquanto.

Sabe quando alguém compra um sorvete e oferece por educação?

— Se quiser pode ficar aqui.

— Não, obrigado. Ainda hoje me mudo.

— Certo. O período que você vai demorar em Dilúvio das Almas é o tempo de que preciso para conseguir o dinheiro. Pensou em algum destino?

— Talvez o Vale do Jaguaribe, abrir as portas e esperar o vento Aracati.

— Só uma coisa, Leonardo. O que a gata tem com isso?

— Joaquim, Joaquim, sei que vai se livrar da Pitanga.

O velho engole o cuspe, mastiga os lábios. Vira as costas como quem diz que a conversa terminou. Coloca uma bacia debaixo de uma goteira e pinga para dentro dos seus pensamentos. Na verdade, retorna à sua morada natural: o silêncio dos indiferentes.

7.

Uma casinha pequena e estreita com um fogão de duas bocas. Uma gata, um pote, um ventilador e uma mulher. A nossa alegria deixa o quarto largo, como se fosse um campo aberto à prova de chuva e sol. Ligo o rádio, no aguardo de que toque uma canção que diga algo sobre o que estamos vivendo. De modo especial, que vamos sobreviver, e que o amor vale a pena. Quando um homem toca a noite escura de sua alma e se reconhece em estilhaço e flor de cacto, ganha na arte seu único alento. A paz é escapável. Um rio que escorre entre os dedos. Pensar nisso gera um frio na espinha, por isso aproveito ao máximo os seus momentos intervalados.

— Então, me diga uma coisa, quando poderemos morar juntos?

— Essas paredes foram apenas rebocadas. Acho que não vou ter tempo de pintar esta casa.

— Você pensa em se mudar de casa?

— Não, vou embora. Se quiser pode vir comigo, vamos?

Com a voz trêmula e desconfiada, Simone fica em silêncio. Não esconde sua frustração. No fundo, sabia qual seria a minha resposta. Mesmo sendo vaga.

— Não vou embora porra nenhuma. O que posso fazer no mundo sem ter nada certo? Esqueça a morte do seu tio e tudo de ruim que aconteceu. Esquece, vai. O melhor é seguir em frente. Olhar para trás é atraso de vida.

— Eu sempre sigo em frente, meu espírito é nômade.

Durante alguns segundos, penso se ela é apegada ao Adelino. Se os dois são parecidos. A cor do cabelo, a pele. Ela não sabe, foi o primo dela quem matou meu tio.

— Leonardo, se olhe no espelho. Você não é mais um adolescente que coloca a mochila nas costas e some no mundo. Viaje em seus pensamentos, e pode ser esse nômade que diz, sem sair do lugar. Pelo menos no pensamento somos livres.

— Será? Muitas vezes pensamos de acordo com o pensamento dos outros e não sabemos.

— Eu sou dona da minha cabeça, nunca fui maria vai com as outras. Não me enrole, vamos voltar ao assunto. É hora de tomar um rumo na vida. Você até poderia ser um bom pai.

— Simone, a felicidade não exige endereço ou outros logradouros. Entenda uma coisa: se estamos bem um com o outro, estaremos felizes aqui ou em Periperi. Se não estamos bem um com o outro, não seremos felizes em Dilúvio das Almas, São Paulo ou em qualquer canto do mundo. O importante é estar bem consigo e com os outros. O lugar não é tão necessário.

— Tudo o que você fala é muito bonito. Mas, olha só, se o lugar não é tão importante, por que não fica aqui de uma vez por todas? Por que você tem que ser tão complicado?

— Tenho planos e não posso ficar. Se quiser, podemos escolher outra cidade. No pacote, seus filhos e uma gata.

— Estou sem tempo, vou me embora. Tenho algumas coisas pra resolver e que não podem esperar. Um dia terminamos essa conversa.

Depois desse dia, tudo mudou entre nós. Simone sumiu e passou a me evitar. No começo, dizia que não tinha tempo. Na verdade, ela estava fazendo igual ao velho Joaquim quando queria me ferir. A indiferença era uma maneira de me matar na unha. Não ligo para o que pensam ou falam de mim. Mas quando é alguém que amo, sentir a sua distância é como uma facada.

8.

A saudade é um pássaro sonoro. No seu denso canto, o aviso de que por dentro algo agoniza em ausência. Na minha história, tudo sempre se esgarça e alguém vai embora. Agora quem abandona uma relação não sou eu. Simone nunca tinha me visto tão frágil como no dia do enterro da minha mãe e tantas vezes pensou que, a partir daquele dia, eu seria outro. Um sujeito centrado, que pensa em comprar um terreno e construir uma casa. Arrumar um emprego fixo ou ser um comerciante. Algo que caiba dentro da lógica da cidade. Não foi o que aconteceu, e isso a frustrou e fez do nosso amor uma estátua de sal. O fato é que abri as portas da minha vida. Ela entrou e agora virou as costas. Na verdade, pouco a pouco ela se transformou em outro continente, separado de mim por um imenso oceano.

Do orelhão, faço várias ligações. Quando uma mulher diz *não*, é aceitar e deixá-la em paz. Não invadir território. Mas não se trata de nossa relação. Minha intenção é outra. Vencido, deixei o desejo de vingança se antepor ao nosso amor. Depois de várias tentativas, consigo marcar um encontro. Na praça atrás da igreja, assistimos ao entardecer. Ela evita olhar nos meus olhos e quer manter certa distância. Quer fechar fronteiras. Meu amor foi tardio, e o dela, chuva temporã.

— Preste atenção no que vou falar: quero pedir uma coisa: não me procure mais. Não me ligue. Não me perturbe. Já foi. Acabou. Miguel está voltando para São Paulo.

— Quem é Miguel?

— É um namorado antigo, e vou embora com ele. Não queria falar nesse momento. Será tudo muito corrido e já vou viajar.

Ela disse que viveria uma vida difícil, mas o importante é que ele assumiria os filhos dela. Além disso, tem trabalho e juízo. Comigo ela nunca sentiu segurança.

Num relacionamento, o ideal é que os dois amem. É aquela coisa: sempre tem um que ama mais que o outro, e aquele se fere todo. Tento enganar a mim mesmo dizendo que não é o meu caso. Digo que abri as portas porque a casa estava vazia. Quem estou tentando enganar? Sei que não foi apenas um relâmpago. Uma névoa de momento. Não, dessa vez foi diferente. Queimam na minha pele as marcas dos nossos encontros. Das nossas noites de amantes. Busquei os bons encontros. Ela diz que tem pressa e muita coisa a fazer. Por exemplo, arrumar as bolsas de viagem. Simone quer acabar logo com tudo sem deixar nenhuma ponta solta de esperança. Sempre nos agarramos a qualquer fio, e fico a pensar se Miguel existe. De qualquer forma, ele existindo ou não, é contingente.

Há algo de ponto-final na voz de Simone. No seu adeus, o desejo de que tudo vire fumaça, a fumaça de um caso que passou e se tornou distância. Ela vai embora sem ter ouvido o que eu queria dizer. E me encontro falando sozinho. Bem-feito! Quem manda escolher a vingança e deixar o amor ocupar um lugar marginal na sua vida? Na minha angústia, o desejo de vingança me deixa suspenso por dentro, sem lar, qual a gravura *Melancolia* de Albrecht Dürer. Um anjo melancólico sentado na pedra, com um olhar vago.

9.

Os pardais do meu telhado foram embora. Quando aluguei a casa, eles perceberam que com o novo morador o abandono foi instalado. É também minha hora de partir e fechar uma página da minha vida. É hora de resolver as questões urgentes que me tornam cada vez menos eu. Materialmente, sempre fui pobre; no entanto, com uma vida considerada por muitos rica em significados. O que vou fazer não trará nada de volta. Eu sei que nenhuma bala é um anjo de resgate. Ligo para Simone no telefone da patroa dela. Eu nunca tinha gastado tanto dinheiro com fichas de orelhão. Falo que preciso de um favor. Tiro o telefone do ouvido e conto até dez.

— Não me aperreie. Já foi. Nosso lance passou. Estou de rolo com outro.

— Não é nada disso. Estou precisando da sua ajuda.

Depois de um tempo, ela marca encontro no café de Glorinha. O lugar tem cara de bolo de leite. Quando ela chega e se senta, passo os dedos em sua nuca. Nada doce e de forma árida, ela tira minhas mãos.

— Você deixe de liberdade. Não estou lhe dando ousadia.

Quantas expectativas podem existir numa mulher, no nome de uma mulher? Casamento, filhos, segredos, devaneios. Ardores dilacerantes. Os olhos que se enchem de mar, o tesão, o perigo de belos abismos, o preço da liberdade. Novos sertões a descobrir. Há também vários pesadelos na corola de um nome. Fome, crise, morte, dor, extermínio. Como numa guerra. Um nome é uma guerra. No nome dela eu queria enxergar todas as mulheres. Tantos nomes dentro do seu nome. Tantas guerras, e a palavra "jamais" que nunca direi. É bom ficar perto dela. Eclode em mim uma vontade de perguntar *e você, quantas expectativas enxergou no meu nome? Ainda enxerga? Ou já parou de pensar em mim? Meu amor, quantos pesadelos ainda há no meu nome? Não me enquadro no seu mundo? Você se masturba pensando em mim? Sou muito louco?* Quero dizer que com ela tenho urgências de amar. Eu nunca falei de coisas das entranhas.

— Ei, em que planeta você anda agora? Eu deixei de fazer um monte de coisa. Estou aqui porque tenho muita consideração por você. Mas só isso, viu?

— Eu quero conhecer seu primo Adelino.

— O que você deseja com o primo? Todo mundo sabe que ele não é boa gente. É um homem cruel, sem piedade e sem Deus no coração.

— Por favor, marque um encontro com ele.

— Rapaz, pense bem no que vai fazer da vida. Não se desmantele nem queira mexer em merda.

— O encontro, marque o encontro. É meu último pedido.

Será que Simone um dia vai me perdoar? Ela pensa que quero contratar o Adelino.

— Leonardo, você ainda tem uma pureza que esse lugar não arrancou. Não faça nenhuma besteira. Não me decepcione, admiro tanto você.

— Admira tanto que na primeira oportunidade me abandonou.

— Não fale assim. Você sempre será uma lembrança bonita em minha vida. Alguém de quem gostei muito.

Simone ficou preocupada comigo. Nisso somos iguais. Amamos da nossa maneira. Pena que isso não mude a direção dos ventos. Ela deseja ficar livre de mim. Talvez por medo de ser vista pelo Miguel ou por algum cidadão de língua sibilante. Ela não é uma mulher em busca de segurança. Não é apenas isso, eu não teria um pensamento tão pronto e teleguiado sobre Simone. Na verdade, o que ela deseja é apenas uma possibilidade de sair deste lugar e começar uma vida nova. Recomeçar e respirar outros ares. Depois ela vai se reinventar e deixá-lo. Se é que Miguel existe. Tanto faz. Um brinde à felicidade dela! Seu nome ficará tatuado nos meus pulmões.

Amei essa mulher como quem perde o ar. Qual anjo melancólico, vejo parte da minha história se retirando para sempre do palco da minha vida. Caminho como quem não tem um chão para pisar. Apenas lágrimas. Pelo menos ela prometeu que vai marcar meu encontro com seu primo. Até porque ela sabe que, se não fizer isso, eu vou fazer o encontro acontecer. É necessário cuidado com a dose de cicuta que se bebe. O problema não é a quantidade que entra na corrente sanguínea, mas quando toca na alma. Até o vento fica petrificado.

10.

O filho do vizinho tem o nariz todo descascado pelo sol. O menino vende peixes pelas ruas, e a bacia ganha a utilidade de um chapéu. Na volta à sua casa, ele tem que escapar das outras crianças da rua, que querem roubar seu dinheiro ou derrubar sua bacia de peixe. Aqui tudo é selvagem. O peixeiro gasta uma pequena parte do dinheiro fazendo apostas em brigas de galos. Toda a vegetação ficou seca, e o gado voltou a morrer de sede. O consumo de cerveja aumentou em excesso. Uma gelada é boa nesse calor. Um motorista bêbado atropela Pitanga. Eu a enterro ao lado de um muro, num terreno baldio. Vou pescar enquanto o rio não seca. Em breve serei pescador de homens. Preparo a linha e o anzol.

Começo a organizar minhas poucas coisas. Não gosto de acumular objetos. Nunca carreguei bugigangas. Nem lembranças eu acumulo. Apenas as especiais. Lugares importantes e pessoas indeléveis. Coloco na bolsa a quantia e o revólver que recebi na venda do imóvel. A arma entrou no negócio.

Pela primeira vez na vida, o velho Joaquim não foi indiferente. Bato na porta, o velho me atende na calçada. Ele me entrega o envelope e a arma enrolada em um papel de embrulho, dentro de uma caixa de sapato. Não estica conversa e tem uma coceira no rosto.

— É a minha barba. Toda vez que cresce costuma coçar.

Eu sei que não é isso, algo o incomoda. Na rua encontro o Adalberto.

— Rapaz, você me expulsou no velório da sua mãe. Me tratou muito mal. Eu não guardo rancor. Entendo que estava passando por um momento difícil.

Não posso perder tempo discutindo com ele. Não tenho paciência para fazer diplomacia com todo tipo de gente. Só quero terminar logo o que tenho a fazer.

— Obrigado pela sua compreensão. O importante é relevar.

— Concordo, temos que saber engolir sapos. Mas deixa eu te dizer uma coisa.

— Diga.

— Dilúvio das Almas é um ovo, e todo mundo sabe da vida de todo mundo. Estou dizendo isso porque sei que você não interage com a cidade, então talvez não saiba.

— Não saiba o quê?

— Seu pai nem perdeu tempo. Assim que você saiu de casa, ele se juntou com uma mocinha. E haja catuaba.

O velho Joaquim estava com vergonha e medo do que eu poderia pensar. Se conheço bem os filhos dele, o julgamento não deve ter sido nada agradável. Bobagem. Que seja feliz à sua maneira e tenha uma morte bonita. Dentro da sua nova mulher.

— Na próxima semana, vou viajar para Fortaleza. A Fátima vai conosco.

Caramba, a Fátima também entrou na brincadeira. Sabe de uma coisa? Eu devia ter comido a Cidinha. O fato é que não me vejo nessa realidade. Não me compreendo nesse lugar.

II.

Acho tão bonita a palavra "plantação". É significativo o tempo da colheita. Felizes são aqueles que colhem. Alguns plantam e não colhem, e outros colhem o que não plantaram. Mas hoje serei aquele que ceifa. Ceifo todas as lembranças. Sem ignorar as mais tristes. Também ignoro a ordem de não sair da cidade. Chegou o dia de conhecer o primo de Damião. Consegui o endereço de um bar no sítio Buriti — a recomendação é dizer que fui amigo do finado Damião.

Coloco minha bolsa na moto e vou embora. No outro lado da rua, compro as balas numa bodega. Aqui se compram balas em bodegas. Comprei quase todas as balas. Chego ao bar e pergunto se tem alguma mesa com um homem de moral. Todos me olham querendo me matar. Coloco o capacete em cima da mesa e me apresento, sem dizer que sou sobrinho do Zé Raimundo. O agente da morte é bem direto e se apresenta:

— Meu nome é Adelino, estou à sua disposição. Saiba que desde o momento em que me contratar serei fiel em todas as horas. É só dizer quem é o homem e marcamos o preço.

Na conversa, percebo que o pistoleiro é bem diferente do que eu pensei. Um homem franzino, que deve ser rápido qual sua própria arma. Um chapéu de palha esconde sua calvície. Um rosário no pescoço que me lembra um dito do meu tio: *Desconfio de homens com o terço no pescoço. São os piores que conheço*. Além disso, Adelino é bem relacionado. Gosta de vaquejada, tem uma fala mansa e educada.

— Sou um homem sério. Pode confiar em mim, porque nunca vou lhe faltar com a consideração. Saiba sempre, ao meu lado nenhum homem neste mundo vai tirar a sua moral.

Esse é o matador. Um homem que se diz de respeito e com vergonha na cara. Ter no gatilho o poder da vida e da morte, deixar filhos sem o pai e uma mãe sem o filho o faz pensar que é um cidadão virtuoso. Toda lei natural parece ser deletada de sua consciência. A perversidade é justificada na brutalidade da lei do mais forte. No gatilho da sua arma, a música acontece com palavras de ordem. Geralmente um estalo seco. A tensão começa quando falo que não sou de pagar para fazer o meu serviço.

— Adelino, eu acredito que a vingança é algo muito íntimo. Não devemos encarregar outra pessoa.

— E o que faz aqui? Foi você que me procurou.

— O que desejo é apenas um parceiro, porque eles são muitos.

— Diga quem são.

— O vereador Pedro Justossanto e seus três capangas.

Adelino coloca a língua entre os dentes e quase engasga com a cerveja. É como se tivesse escutado um grande absurdo. Sei que um homem como ele não é de se assustar com tal proposta. Esse sujeito é o tipo de pessoa que estuda bem cada situação. Sei como atravessar suas linhas de defesa. Mesmo sendo carniceiro, ele quer um grande feito. Adelino fica em dúvida se eu sou louco ou um suicida em busca da morte.

— Se você faz uma proposta dessa é porque deve ser muito bom de bala. Cobro caro. Afinal, é um político e inclui mais três no pacote.

— O vereador e os outros três são uma questão nossa, e você sabe disso.
— Não sei disso, não. Não existe nada entre eu e tu.
— Nosso inimigo é o mesmo. Veja bem, eu e você estamos no mesmo barco.
— Nem conheço você. Se quiser, que se afogue com o cão. Comigo não.
— Homem, tu deseja acabar com o Justossanto tanto quanto eu. Quem na cidade não sabe o que aconteceu com o teu irmão? Aquilo não se faz. Você e ele foram pistoleiros daquele cretino. E agora me diga qual foi o respeito e a consideração dele por vocês? Mandou executar teu irmão como queima de arquivo. Tudo por causa de um serviço que deixou fios soltos.
— Não foi provado nada.
— Você sabe que foi ele. Uma grande covardia. Os dois serviram ao político com lealdade e receberam como paga um cadáver carbonizado. Quando foi armada a fuga dele da cadeia, todos desconfiavam do que iria acontecer. Em que lugar você se escondia que não o alertou nem ajudou? Você anda cabisbaixo com isso. Foi desmoralizado. Vamos, homem, não sou Jesus Cristo, mas estou oferecendo redenção. Sabia que até carro ele gosta de carbonizar? As terras dele poderiam ganhar o nome de sítio do carbono.

Na sua quietude de sociopata, Adelino apenas me observa.

— Sabe de uma coisa, você não vai sair vivo daqui. Fala demais, acho que bebeu água de chocalho. É muita ousadia falar comigo desse jeito. Não vai me fazer de besta. Eu vou te matar. Principalmente porque tocou no assunto do meu irmão, que ainda é uma ferida não cicatrizada. Você é doido? Parece um homem letrado, devia ter um manejo melhor das palavras quando se dirigir a mim. Ninguém nunca falou comigo com tanta falta de consideração e atrevimento. Não vou perder a viagem. Não posso permitir que me faça de besta ou palhaço.

— Se quiser, pode me matar depois. Planejei tudo, não vai ser difícil. O bicho mais fácil de matar é o homem.

— Você é doido mesmo. De qual hospício você fugiu? Acho que foi do Hospital Santa Teresa. Por que eu iria trabalhar de graça? E se de repente alguém espalha que você me fez de otário? Sabe de uma coisa, tenho que meter uma bala na sua cabeça. É coisa decidida. Não vou perder a minha moral.

— Entendo você. Um homem sem moral é coisa triste. Ofereço a moto e um bom dinheiro. Sei que ainda vai sair barato porque não tem preço que pague pelo rio de sangue que pretendo fazer correr. Vou lhe passar uma reserva que serve para suas balas, para a gasolina e outras despesas.

— O senhor é muito afoito, isso não é bom. Sabe de uma coisa? Meus miolos estão fervendo. Acho que estou ficando mole.

— Preste atenção. Os trabalhadores são de fora. Lembra que o povo de Dilúvio das Almas acha estranho o número de empregados que vêm de outros estados? Eles trabalham e dormem num galpão perto da fazenda. Durante a noite, apenas um sujeito de cara vermelha e dois comparsas tomam conta de tudo. Eles se disfarçam de fantasmas para alimentar a crença das assombrações nos arredores da terra.

— E o que tem lá?

— Aceite minha proposta que você vai saber.

Conto a ele todo o meu plano. Percebo que estou em plena metamorfose. Agora sou um animal que planeja e calcula. Adelino muda de humor e abre um largo sorriso.

— Faz tempo que quero entrar num rabo de foguete. Desmantelo é igual bunda de mulher: só presta grande. O dia e o horário podemos marcar.

Pego o capacete, coloco no colo.

— Você é um inseto. Sempre fala de moral e de vergonha na cara. No entanto, basta receber uma oferta que trai qualquer um. Quando ouvi falar do seu vocabulário — palavras que são qual um cabresto, palavras com notas musicais para quem gosta de se manter no poder e adestrar um novo rebanho —, fiquei bastante curioso.

No âmago da minha curiosidade, perguntei se no modelo de vida que ele escolheu existia um código de ética. Uma pequena ilha interior em que, ao saltar para dentro, pudesse ser um homem virtuoso. Uma ética meio Robinson Crusoé. Algo ilhado na cabeça. Agora sei que não seria possível. Sempre somos com os outros.

— Nesse instante, o que vejo é apenas um matador sem honra e nenhuma virtude.

— Eu sou um homem de moral. Me respeita, seu cabra safado.

Quando Adelino puxou a arma, eu já tinha tirado de dentro do capacete o 38 com cano curto e apontado para a cabeça dele.

— Quem é você?

— Sou sobrinho do Zé Raimundo.

Olho bem para o rosto dele. Lembra os olhos de Simone. São seis estrondos secos no peito de Adelino. Eis o traste e toda a sua moral, ambos cabem na mesma cova. Sinto vergonha de mim. Por dentro tudo fica estreito, e tenho um nó na garganta. Minha humanidade foi perdida. O horror invade minha alma. Não tenho nenhum orgulho do que fiz e do que farei. Também não tenho nenhum arrependimento.

Agora sou um assassino. Na fealdade do real, eu me fiz um monstro, assim serei chamado. Uma saudade do tempo em que eu não era uma fera no meio das feras. Alguém que passava, sem graça, sem brilho e com os lampejos de liberdade na cara. Na fuga dos meus dias, tudo que parece deslocado fica vazio. Dou partida na moto e saio a toda velocidade, numa estrada carroçável. Há várias ladeiras, com saídas para outras cidades.

Para mim não há saída. Todas as curvas me levam à barbárie. Sigo um atalho em direção às terras do Justossanto. O lugar dos fantasmas. Duvido que a polícia me procure naquele sítio. Os capangas fingem que são assombrações, as autoridades fingem que acreditam e eu finjo que isso é uma fuga.

12.

A poeira da estrada camufla minha moto e meu corpo. Contudo, é de sangue que estou sujo. Um espírita uma vez falou que assim como a vida é a morte. E eu, com que ferro serei ferido? Não será um batismo de sangue, não tenho causa, e no final disso tudo não serei julgado pelo amor. A morte é minha namorada; a solidão, um estado de alma. Uma alma chora? Sinto lágrimas dentro de mim. No caminho, encontro uma casinha de taipa com um belo jardim. Estranho, todos dizem que o lugar é deserto. O dono me observa. É o adivinho, que leu minha mão outro dia.

— Bom resto de tarde, tudo bem com os astros?

— Estou conforme a vontade de Deus. E você, ainda continua confuso?

Abro a mão em sua direção.

— Não há nada além do fim, você perdeu o sagrado. Há muita sujeira nos seus dedos. Se quiser, pode lavar com água e sabão.

— Não. Daqui a pouco vou sujar de novo.

— Certo, você percebeu que moro aqui? Sou morador do Justossanto.

O adivinho mostra uma faca.

— A faca é bem afiada. Aprendi a manusear esta coisa linda num circo em que trabalhei — ele prossegue. — Sabendo usar, é tão rápida quanto uma bala. Prefiro as facas: dá um gosto bom sentir a lâmina entrando na carne do inimigo.

— E arma de fogo, tem alguma?

— Tenho uma espingarda calibre 12.

— Que acha de fazer um negócio comigo e me ajudar a recuperar o meu cosmo? Assim, eu continuarei a minha peregrinação com a sua espingarda, e você vai embora da cidade com a minha moto e uma boa quantia.

— Por que eu trairia o meu patrão?

— Por um motivo simples, é um bom negócio.

— Vou consultar os astros.

No começo da noite, o adivinho pede a chave da moto e me entrega a arma.

— Vou te ajudar a recuperar o cosmo. Tudo é questão de fazer as perguntas certas. Beba esse chá e elabore bem a sua pergunta. Vamos, tome o chá. Em breve vai escutar as trombetas dos anjos. Preparei com raiz de jurema-preta e misturei com um pouco de zabumba, uma planta ornamental do meu jardim. Lembre-se, tem que fazer as perguntas certas. Nada de efemeridade.

— Não, obrigado, ganhar ou me perder já não faz diferença. Hoje não estou preparado para ouvir as verdades da minha alma.

Subo na garupa da moto, e o vidente me leva até o local. Ele é um inventor. Gosta de modificar a alquimia das flores e dos tabacos. Antes de partir, o adivinho enrola um baseado num guardanapo e mistura com outras ervas que não consigo identificar.

— É para você. Tenha pelo menos a dignidade de saber o que está destruindo.

O vento balança um coqueiro, e vejo uma baiana dançando. Piso numa folha seca, e o barulho assemelha-se ao de uma buzina. Acho legal, e piso em outras folhas. Escuto uma voz.

— Leonardo, por que voltou?

Demoro um pouco. Perto de uma aroeira, com passos leves, caminho até a plantação. Tudo calculado. Mas leio novamente minhas anotações. É sábado, e parte dos empregados passa o fim de semana com os familiares nas cidades vizinhas. A outra parte se embriaga com as putas de um posto de gasolina na BR 230. A plantação fica aos cuidados dos três capangas. Aquele investimento verde num lugar deserto que nem as moscas frequentam. Apenas urubus de estrada, que sentem o cheiro de morte destas terras.

O professor Flávio acredita que o melhor seria o governo legalizar a maconha e cada um plantar a erva na segurança da própria casa. Ele defendia a ideia de que, se a plantação fosse legalizada, teríamos novos empregos, e os impostos poderiam ser revertidos para a educação, ou usados em programas contra o crime. Nesse novo cenário, nenhum adolescente precisaria entrar numa boca de fumo. Assim, as pessoas consumiriam sem ficar expostas ao subsolo da bandidagem. Os apóstolos de Cristo e seus primeiros seguidores eram vistos como bandidos pelos romanos e pela própria sinagoga. Sabe o que eu acho? Quem pensa diferente é considerado marginal. No mundo, sempre fui um deslocado. Nunca aceitei a condição de ser uma simples pilha para carregar o sistema. Lembrei de Marta, uma garota que conheci em Minas. Ela buscava uma vida bucólica. Morar num sítio, fazer cervejas artesanais e plantar maconha. Eu também tenho pensamentos marginais. Nos meus meses aqui em Dilúvio das Almas, poderia alugar uma casa na zona rural. Pedalar de bicicleta nas estradas carroçáveis, tomar banho de açude. Uma casa simples, escolhida a dedo, a casa teria apenas dois cômodos, um fogão a lenha e o quintal com um cacimbão. Todos os dias, tiraria água desse poço, uma casa sem água encanada. Também sem energia; eu utilizaria velas e lampião. Seria significativo não pagar água e energia. Então, para o Estado eu seria um filho da puta. Mas agora já foi, estou em plena fuga. Sou um bandido.

A calmaria de espírito é uma conquista diária, muitas vezes implica quebrar tudo aquilo que distrai o coração, ou fazer das perturbações uma amiga. O certo é que não há uma receita para viver bem. Lembro que escutei um pintor falar que uma obra de arte tem que carregar toda a densidade humana. Não, nada tem que ter nada. O que sei é que a minha paz se esgarça na pólvora de uma espingarda.

Uma pena, terei que acabar com essa bela plantação. Com o isqueiro e a bituca, começo a atear fogo. Queimar toda a plantação, queimar tudo até a última planta. O fogo aumenta, e fico escondido numa moita, com a espingarda calibre 12. Não demora muito para os três capangas chegarem. Com calma, espero eles entrarem na arapuca e não faço nada. O Lampejo foi chamar o vereador. Todos estão desesperados, sem saber como apagar o fogo. Só escuto a voz do de cara vermelha.

— Acho que algum viciado descobriu. Veio fumar e deixou uma bituca de cigarro, só pode ter sido isso.

O fogo parece um espelho que reflete as fragilidades desses homens, que até o momento se sentiam os donos da cidade. Lampejo e Justossanto chegam. Incrédulos, eles contemplam a destruição. Não há como apagar o fogo. Todos desesperados. O vereador e seus capangas ficam próximos do fogo, sem saber o que fazer com tamanho prejuízo.

— Não acredito no que está acontecendo, não acredito.

— Calma, painho, tudo tem solução, só na morte não há solução.

A ruína é para todos, e essa desgraça não é pedagógica. Sinto que chegou a hora. É agora, começo a disparar. Eles são pegos de surpresa e não têm ação. O primeiro atingido é o vereador, que cai nas chamas. Pelo espírito de servidão, imagino que os três vão ficar em dúvida se correm ou socorrem Justossanto. Faço-me visível. Saio da moita como quem sobe nos ombros de um dragão. Quero que vejam pela última vez o rosto do autor. Quero que saibam que nem todos têm medo. Contemplo homens que são como sarças ardentes. Não há nada de divino no horror. A cada disparo, é parte de mim que também morre aqui. Hoje, eu também morro. Já não sou um estrangeiro na minha terra. Já não sou um deslocado. Sou apenas mais um dos seus filhos. Agora estou em casa.

© Tito Leite, 2022

Todos os direitos desta edição reservados à Todavia.

Grafia atualizada segundo o Acordo Ortográfico da Língua Portuguesa de 1990, que entrou em vigor no Brasil em 2009.

capa
Elisa v. Randow
ilustração de capa
Passeio, de Rafaela Pascotto
preparação
Livia Deorsola
revisão
Ana Alvares
Tomoe Moroizumi

Dados Internacionais de Catalogação na Publicação (CIP)

Leite, Tito (1980-)
Dilúvio das Almas / Tito Leite. — 1. ed. — São Paulo : Todavia, 2022.

ISBN 978-65-5692-255-3

1. Literatura brasileira. 2. Romance. 3. Ficção brasileira. I. Título.

CDD B869.3

Índice para catálogo sistemático:
1. Literatura brasileira : Romance B869.3

Bruna Heller — Bibliotecária — CRB 10/2348

todavia
Rua Luís Anhaia, 44
05433.020 São Paulo SP
T. 55 11 3094 0500
www.todavialivros.com.br

fonte
Register*
papel
Munken print cream
80 g/m²
impressão
Geográfica